.너만 그런 거 아니야

너만 그런거 아니야

초판 1쇄 찍은날 2016년 6월 20일
초판 1쇄 펴낸날 2016년 6월 27일

글 이인석 | 일러스트 이어송(Eusong Lee)
펴낸이 박성신 | 펴낸곳 도서출판 쉼
등록번호 제406-2015-000091호
주소 경기도 파주시 회동길 37-14
전화 031-955-8201 | **팩스** 031-955-8203
전자우편 8200rd@shim1101.com
홈페이지 http://www.shim1101.com

text ⓒ 이인석, 2016
illust. ⓒ 이어송, 2016
ISBN 979-11-956682-7-4 (03810)

오늘,
관계에 상처받고
홀로 견디는 당신을 위해

너만 그런 거 아니야

이인석 지음 | 이어송 일러스트

목차

1

원래 그런 것은 없다　009

만남은 늘 대가를 요구한다　014

잊지 마세요, 당신이 누군지　021

'나를 바라봐 주세요'는 우리의 본능이다　027

항상 솔직할 수 없어 매력적이다　034

한 사람만 생각하는 순간　041

서로를 향한 끊임없는 새로 고침이 필요하다　047

서툴러서 더 아름다워진다　055

지나간 시간이 보이면 친구가 된다　061

"내가 너라도"라는 말이면 충분하다　068

한 마디로도 감동은 가능하다　073

사랑하면, 변화라는 마법이 일어난다　078

그래서 참 예쁘다, 너는　084

이모티콘은 소중하다　088

모두에게 사랑받을 수 없다　094

멈추는 것도 용기다　100

기억에 남는 사랑은 평생 가슴속에 새겨진다　107

"밥 먹을래요?"라는 말이 고맙다　114

우리의 내일은 당연하지 않다　120

들을 준비가 되어 있는 사람은 사랑스럽다　130

2

서로의 가치를 확인하는 말 "도와줘"   139

리액션이 사람을 살린다   148

'두근두근' 좋아하면 답이 없다   160

목적이 같으면 우리는 뜨거워진다   166

부러워야 이길 수 있다   172

그 사람을 알아야 그 사람을 상상할 수 있다   180

너로 충분하다. 걱정 따위 안 해줘도 된다   188

좋은 아빠가 아니어도 된다   194

뒤로 넘어져도 안심할 수 있어, 덕분에   201

죽을 때까지 읽는 엄마라는 교과서   205

상대방의 오늘만 보면 멀미한다   212

우리 사이에 '정답'은 없다   219

모두 빚을 지고 살아간다   226

남겨진 사람들을 위하여   233

'가르치는' 사람보다 '가리키는' 사람이 필요하다   240

우리는 충분한 값을 치르며 살고 있다   247

나를 만드는 건 결국 너였다   256

"보고 싶다"는 말은 듣기에도 하기에도 참 좋다   260

믿어주는 것도 힘이다   267

너는 나의 홈런이다   274

THANKS TO(덕분에)   282

1

Epi.1
원래
그런 것은
없다

어릴 때 나는 줄곧 "원래 그랬어"라는 말을 자주 했다. 오랜 시간 동안 내 부족함을 감추기 위한 나 스스로를 위안하고 변명하는 가장 좋은 말이라고 생각했다. 딱 한마디로 모든 상황에서 방패막이가 되어주는 아주 좋은 말이었다. 예를 들면, 공부할 때 수학을 특히 못했던 나는 시험이 끝나고 나면 엄마에게 늘 이야기했다.

"엄마, 나는 수학은 원래 잘 못해."

이 말로 스스로를 포장했고, 스스로를 수학 못하는 아이로 만들었다. 성격도 마찬가지였다. 뭘 하나 하면 끝까지 마무리를 못했고 그럴 때마다 늘 "나는 원래 그렇잖아"라는 말로 스스로를 위안했다. 그러면서 점점 스스로 끝맺음을 못하는 아이로 만들었다. 하지만 시간이 흘러 생각해 보면 단 하나도 원래 그런 것은 없었다. 어느 순간 내 스스로 선택하고 그런 나로 만들어왔다. 원래 그랬던 것이 아니라, 원래 그런 것처럼 나를 속여 왔다.

무엇보다 다른 사람 앞에서 나의 모습을 감추어야 할 때, 방어해야 할 때, 꾸며야 할 때 나는 원래 그렇다는 말 뒤에 숨었고, 나를 돌아보면서 썼던 기억보다, 누군가 함께할 때 이 말을 참 많이 남용했다. 덕분에 사람을 잃기도 하고, 심지어 나 자신을 잃기도 하는 일들이 벌어졌다. '나는 원래 그러니까 네가 변해야 해'라는 무언의 의미를 상대방에게 던지고 있었던 것이다. 그리고 내 인생에 단 하나뿐인 사람을 선택해 놓고도 쉽게 그런 말을 던지곤 했다.

결혼식을 앞두고 주례사를 해주시는 분을 미리 만나 뵈었다. 서울 어느 식당에 예약을 하고 사랑하는 사람과 손을 꼭 붙잡고 그 자리에 나갔다. 만남을 갖기 전 주례사를 해주실 분은 우리에게 숙제를 내주셨다. 각자 라이프 사이클을 그려 오라는 것이었다. 오 년 정도 텀을 두고 한 살부터 다섯 살까지, 다섯 살부터 열 살까지, 열 살부터 열다섯 살까지… 그렇게 지금의 각자 나이까지 직선상에 놓고 점을 찍어가며 그때 우리가 얼마나 행복했는지 혹은 슬펐는지, 괴로웠는지 등을 적어보라고 하셨다.

　나는 어릴 때 동생을 잃은 기억부터 처음으로 반장이 되어 기분 좋았던 날, 시험에 실패해서 울었던 날들을 떠올렸다. 나와 결혼할 사람도 그렇게 5년의 텀을 두고 행복했던 일, 힘들었던 일을 끄적였다. 그날 그분 앞에 서로의 라이프 사이클을 꺼내 들고 이야기를 나눴다. 그분은 우리의 이야기를 한참 동안이나 들으셨다. 모르고 있었던 우리의 30년을 듣고 또 듣고 또 들으셨다. 그리고 나는 그 수많은 이야기에서 "저는 원래 이랬었습니다", 아내가 될 사람도 "저는 원래 이랬습니다"라는 말을 참 많이 했다. 주례사를 해주실 분은 고개를 끄덕이며 우리의 이야기를 한참 동안 들으시고는 말씀하셨다.

　"부부란 이토록 다른 30년을 살아왔다는 것을 두 사람이 깨달았으면 한다. 서로가 이야기하면서 상대방의 아픔을, 상대방의 기쁨을 직접 듣는 기회가 있었으면 좋겠다. 세상을 반 백 년 살다 보니 원래 그런 것은 없더라. 어쩌면 과거에 내 선택에 따라 자신의 색깔이 정해졌다 하더라도, 그것은 원래 그런 것이 아니라 하나씩 하나씩 선택해온 것들일 뿐이다."

　그러시고는 우리 손을 꼭 붙잡으시며 말씀하셨다.

　"너는 파란색 물이 담긴 잔이고, 너는 빨간색이 물이 담긴 잔이다. 그런데 내가 파란색이니까 네가 나에게 무조건 맞추라고 해서는 안 된다. 또 마찬가지로 내가 빨간색이니까 나에게 맞추라고 해서도 안 된다. 그리고 너무 오랜 시간 다른 삶을 통해 만들어진 서로의 색깔이 쉽게 바뀔 수 없다는 것도 인정해야 한다. 하지만 여지가 없는 것은 아니다. 살면서 꼭 상대방과 같은 색깔의 천 하나는 가져라. 그리고 상대방의 앞에서 그 천을 뒤집어써라. 그것이 살아가는 지혜다. 나를 바라보는 관점에서도 상대방을 바라보는 관점에서도 원래 그런 것은 없다. 다만 오랜 시간 동안 선택해 온 상대방의 삶을 존중해 주어라. 그러면 어느 순간 내가 상대방의 색깔과 같음을 받아들이는 시기가 온다."

우리는 서로의 얼굴을 묵묵히 쳐다보았다. 상대방이 어떤 삶을 살아왔는지가 조금은 느껴지는 순간이었다. '이 사람은 원래 그래'라고 믿으며 미워했던 것이 밉지 않아졌다. 상대의 삶이 보이자이 사람이 조금은 이해되기 시작했다. 원래 그런 것이 아니었다면, 지금부터 선택이 바뀐다면, 우리는 이제 너와 내가 아니라 우리라는 단어를 더 당당하게 쓸 수 있지 않을까 생각하게 되었다. 우리는 살면서 흔히 사람들을 함부로 판단한다. 불과 몇 번 본 것만으로 '저 사람은 원래 저렇다'고 말한다. 혹은 '나는 원래 그렇다'며 스스로를 속이기도 한다. 따지고 보면 세상에 원래 그런 것은 없다. 순간의 선택들을 거치면서 그렇게 변화해 지금의 모습이 되어 있는 것뿐이다.

아침에 일어나니 낯익은 사람이 누워있다. 원래라면 일어나 음악을 틀고 세수를 하고 방을 이리저리 옮겨 다니며 부산을 떨겠지만, 이제는 다르다. 옆 사람이 깰까 조심스럽게 일어나 살며시 문을 열고 나와 숨죽이고 세수를 한다. 이 방 저 방 옮겨 다니면서 잠들어 있는 아내를 틈틈이 훔쳐본다. 피식 웃음이 나온다. 30년 넘게 가지고 있던 습관들은 사라졌다. 이제는 한 사람이 옆에 있을 때의 내가 만들어진다. 더 많은 부분에서 더 특별하게.

당신은 원래 그렇지 않다. 그래서 더 많은 가능성이 있다. 상대방도 그렇다.

Epi.2

만남은 늘
대가를
요구한다

　　　　　　나는 사람을 좋아한다. 하지만 북적거리는
곳에 가는 것은 싫다. 누군가를 만나서 이야기하고 뭔가를 같이
하는 걸 좋아하지만, 귀찮을 때도 많다. 그 속에서 수많은 것을 얻
고 배우지만 또 그만큼 많은 걸 내어놓아야 한다는 사실이 가끔은
나를 불편하게 한다. '이 사람은 도대체 뭔데 이렇게 행동하지?'라
는 생각이 머릿속을 뒤죽박죽으로 만들 때, 누군가를 좋아하면서
도, 그 마음 하나만을 따라갈 수 없어 이것저것 계산을 하고 있을
때, 우리는 불편한 마음을 마주하게 된다. 책임져야 할 것들이 많

아지고, 부담해야 할 것들이 많아지면 사람을 만나기 힘들어진다. 공짜라면 물불 가리지 않지만, 사실 세상에는 공짜가 없다.

어릴 적 친구들이 불렀던 내 별명은 '괴짜'였다. 친구들보다 선생님을 더 좋아했기 때문이다. 재수 없다고 생각할지 모르지만 나는 교실에서 친구들과 노는 것보다 교무실에 가서 선생님들과 노는 것을 더 좋아했다. 방송반에 들어가 선생님들의 일상을 촬영해 방영하거나 선생님 한 분 한 분을 만나 이런저런 이야기를 떠들어 대는 걸 좋아했다. 친구들과 노는 것을 더 좋아했을 나이인데도 나는 친구들이 틈틈이 나에게 무엇인가를 꾸준히 요구하는 것들이 불편했다. 뭔가 더 노력해야 했고, 생각보다 얻는 것이 없었다. 하지만 선생님들은 달랐다. 나에게 뭔가를 요구하기보다는, 이유 없이 무엇을 줄 수 있을까를 고민하셨던 것 같다. 물론 그중에서 때때로 공부라는 녀석으로 잔소리를 하시긴 하셨지만, 비록 사탕 하나라도 내 노력에 비해 얻는 것이 훨씬 많았다. 초등학교 때도 그랬고, 중학교 때도 그랬고, 고등학교 때도 그랬다. 그러다 보니 친구들이 많지 않다. 그렇다고 그렇게 친하게 지냈던 선생님들과 지금까지 연락하고 지내는 편도 아니다. 오히려 어릴 때 요구하는 것은 많았던, 그래서 서로 추억이 많은 몇 안 되는 친구들과 지금도 연락을 하고 지낸다. 친구들과는 영원할 수 있지만 선생님들과는 그러기가 힘들다는 것을, 주는 것 없이 받기만 바라다가는 결

국 관계가 이어지지 않을 거라는 것을 그때는 몰랐다. 내게 늘 무엇인가를 주려고 했던 선생님들보다 내게 늘 무언가를 요구했던 친구들이 지금은 내 곁에 남아있다. 그들은 지금도 여전히 나에게 뭔가를 요구한다. 그리고 그런 녀석들을 난 친구라고 부른다. 하지만 그때는 생각을 깊게 하지 않고 계산하지 않았기에 친구를 사귀는 일도 누군가를 만나는 일도 비교적 쉬웠다. 그런데 지금은 사람을 만난다는 것이 점점 더 어려워진다. 이제는 '주고받는다'는 개념을 넘어서서 그렇다면 언제 주고, 얼마큼 주어야 하며, 어떻게 주어야 하는지 고민스럽기 때문이다. 받는 것도 마찬가지다. 받아도 되는지부터 무엇을, 왜, 참 많은 것을 따져야 받을 수 있다. 심지어 받아놓고도 끊임없이 의심한다. 혹은 고마운 줄 모르고 살기도 한다.

　내 주변에도 사람을 만나고 무엇인가를 공유한다는 것에 스트레스를 받는 사람들이 많다. 오히려 아무것도 안 주고 아무것도 안 받고 싶어 한다. 회사 동료든, 선배든, 이성 친구든, 동성 친구든 귀찮음을 넘어서 누군가와 관계한다는 자체를 하기 싫어하게 된 사람들이 하나둘씩 늘어간다. 사람을 피해 직장을 옮기고, 사람에게 상처받아 스스로를 방 안에 가두고, 사람으로 지쳐 쓰러진다.

　하루 종일 사람 때문에 골머리를 썩는 업에 종사하던 김 센터장이, 집에 가는 길에 나에게 갑자기 고깃집에 잠시 들리자고 했다. 난 무심코 "오늘 저녁에 고기 구워 드시려고요?" 했더니 그분은 피식 웃으면서 나에게 말했다.

"아니, 오늘 너무 신경질 냈어요. 직원들 상처에 기름칠 좀 해주려고요."

덤덤히 말하면서 김 센터장은 고깃집 주인에게 삼겹살 1근씩 총 7근을 봉투에 따로 담아 달라고 부탁했다.

"그걸 어쩌시려고요?" 내가 물었다.

"아 뭐, 그냥 한 집 한 집 돌아다니며 고기라도 구워먹으라고 주면 되지요."

그리고 그날 저녁 그는 고기 7근을 두 손에 들고 시내 곳곳을 떠돌아 다녔다.

말을 듣고 상처받았을 직원, 말을 하면서 상처받았을 김 센터장이 동시에 힐링받았다는 소문이 들려왔다. 아프게 하는 것도 사람이지만, 그 아픔을 치유하는 것도 사람이란 걸 김 센터장을 보며 배웠다.

사람이 무서워 사람 곁을 떠나는 사람들, 불편하고 어려워 힘들어하는 지인들을 볼 때마다 나는 그들에게 다가가 이렇게 말하곤 했다.

"그래도 결국 너를 일으키는 것도 사람일 거야"라고.

만남은 버스를 타는 것과 비슷하다. 가만히 있는데 오는 만남은 없다. 목적 없는 만남도 드물다. 버스를 타려면 꼭 지정된 버스 정류장까지 가야 하듯, 우리는 그처럼 최소한의 행동을 해야 한다. 버스를 타서도 요금을 내야 한다. 어떤 사람을 만나는 데에도 최소한의 마음 비용이 필요하다. 하다못해 머리에 왁스를 바르돈, 입술에 립스틱을 바르든 우리는 최소한의 대가를 지불해야 한다. 그래야 만남이 시작된다.

하지만 이 세상 모든 버스를 탈 수는 없다. 또한 버스를 타고 어디서 내릴지도 선택해야 한다. 한 정거장만 갈 수도 있고, 종점까지 갈 수도 있다. 우리는 의도하든 의도하지 않든 버스를 타서 내리는 순간까지 시간을 지불해야 한다. 결국 버스를 타고 가는 정거장의 수만큼이 사람을 만나 헤어지는 만남의 길이인 셈이다. 그리고 그 길이가 길어지는 만큼 우리는 계속해서 추가적인 대가를 지불해야만 한다. 멀미가 나 어지럽기도 하고, 기다림도 있을 것이다. 가끔은 너무 매력적이어서 수많은 사람이 올라타 숨 막힐 수도 있고, 딱 지금 에어컨을 켜줬으면 좋겠는데 눈치 없이 그냥 내달리기도 한다. 그러다 답답함을 건디지 못하면 내려야 한다. 이 방향이 맞다 싶어 탔는데 아니어도 내려야 한다. 그리고 내게 조금 더 여유로운 버스나 혹은 맞는 방향의 버스를 찾기 위해 기다린다.

그렇게 우리는 살면서 여러 버스를 타고 내린다. 그러다 우리의 삶 속에서 나에게 꼭 필요한 노선을 찾아내고 그 버스를 자주 이용하게 된다. 버스의 목적지가 각기 다르듯 사람이라는 버스의 목적지도 다 다르다. 가르침, 즐거움, 위로, 공감, 쾌락, 슬픔, 아픔 그리고 내게 그것이 필요할 때마다 우리는 그 목적지로 향하는 버스를 탄다. 하지만 잊지 마라. 늘 타는 노선이라도 탈 때마다 요금을 지불해야 한다는 사실을. 멀미와 기다림이 생길 수도 있다는 사실을. 또 시간이 지나면 요금도 조금씩 오른다는 사실도.

이처럼 관계는 늘 대가를 수반한다. 만남은 대개 그러하다. 아픔은 당연하다. 너라는 버스를 타는 누군가도 아파하고 있다, 때론.

Epi.3

잊지 마세요,
당신이
누군지

나이를 차근차근 먹으면서 내가 가장 많이 하는 말은 "피곤해"다. 딱히 몸 어느 한 곳이 아프다거나 마음속에 딱 걸리는 게 있으면 풀어볼 텐데 도무지 어디가 어떻게 막혀서 이렇게 답답한지 모르겠다. 그럴 때 가장 극적인 표현이 "피곤해"다. 뭐가 피곤하냐고 물으면 딱히 대답할 순 없지만 그냥 아무것도 안 하고 싶어지는 그때를 요즘 자주 만난다. 그리고 사랑하는 사람에게 신경질을 내고, 아끼는 사람에게 구겨진 종잇장처럼 얼굴을 구긴다. 세상 어두운 길은 혼자 다 걸은 것처럼.

밤늦게까지 공부를 하거나 일을 하거나 무언가에 빠져 정신이 없이 하루를 살다가 집에 돌아오는 길에 문득 전화기를 붙들고 이리저리 뒤적거린다. 지나간 문자를 보기도 하고, 연락이 끊겨버린 친구들의 일상을 훔쳐본다. 그러다가 문득 생각나는 사람들에게 전화를 걸어보기도 하지만 받지 않는다. 가끔은 전혀 예상하지 못한 사람으로부터 걸려오는 전화를 기다리기도 한다. 지쳐버린 하루에 길동무를 찾는 것처럼 전화기 속을 헤매고 또 헤맸다. 그러다 알게 되었다. 나는 '피곤하다'고 말할 사람을 찾고 있었다는 사실을. 세상 밖으로 뛰어나가 하루 종일 내 일을 하면서는 절대 할 수 없는 말을 할 사람이 필요했던 것이다. 자세한 설명도 하지 않는다. 1:100 퀴즈보다 더 어렵다. 나 정말 피곤한데 왜 피곤한지 알아맞혀 보라며 성질을 부린다. 이해를 못해주면 그 성질에 곱절 보태서 더 짜증을 낸다. 우리는 우리도 모르는 나를 누군가 알아봐 주길 바라며 사랑하는 사람에게, 아끼는 사람에게 힘들고 지친 피곤한 날것의 모습을 보여 준다. 그리고 속으로 소리친다. 온 힘을 다하여 "나를 알아봐 주세요"라고.

평범한 집에서 태어났지만 난 늘 비교의 대상이었다. 잘난 가족들 때문이었다. 가족들은 나를 너무나 사랑했지만, 내 눈에는 나를 무능력하게 만드는 사람들로 보였다. 덕분에 아무도 내 가치를 알아봐 주지 않는 것 같았다. 명절이 되면 그 누가 비교하지 않아도 스스로 가족들과 비교해 내 자신을 작게 만들었다. 가족의

성공에 진심으로 축하해야 하는데 그러지도 못했다. 나는 그대로 인데, 저 사람은 앞으로 나아가는 것처럼 보였다. 나는 그러지 못할까봐 두려웠다. 그리고 잘나가는 그들을 바라보는 부모님의 눈안에 담겨있는 눈빛이 나를 더 힘들게 만들었다. 다시 말하지만, 아무도 대놓고 나와 누군가를 비교하지 않았다. 늘 나 스스로 비교하며 비참하게 또 더 비참하게 만들었다. 그때 처음 알게 되었다. 존재감이 없다는 것이 얼마나 괴로운 것인지를. 아무도 나를 알아봐 주지 않는다는 것이 얼마나 슬픈지를 말이다. 그리고 그 사슬을 스스로 만드는 초라함까지…. 모두 똑같을 수 없다는 것을 그때는 인정하지 못했다.

　화가 날 때마다 컴퓨터를 켰다. 날짜를 적어놓고 그냥 기분 가는 대로, 써지는 대로 써내려 갔다. 욕도 했고 비판도 했다. 가끔은 못난 나를 쓰레기로 만들었고, 나 자신에게 화를 냈다. 친구들의 잘난 척에 앞에선 한마디도 못했지만, 글로 친구가 한 말들을 요목조목 따지면서 비판했다. '뭐가 그렇게 잘났냐, 그렇게 잘났으면 좀 나누고나 살지!' 등등 마음속 저 바닥 속에 찌그러져 있는 말까지 다 옮겨 적고 내뱉었다. 누군가의 앞에서 가식적으로 웃고 있는 내가 아니라, 없는 것을 있는 것처럼 꾸미는 내가 아니라 그냥 나 자신을 마음껏 드러냈다. 그냥 나 스스로에게 집중했다. 푹푹 찌는 감정을 뿜어내고 나면, 글을 적은 나를 마주하게 되었고,

시간이 좀 흘러 그 글을 다시 읽다 보면, 조금은 나라는 사람을 이해하고 사랑하고 용서할 수 있게 되는 걸 느꼈다.

사람은 꼭 자신을 '누군가와 함께'라는 관계 속에 넣고 생각한다. 그리고 괴로워하며 종종 스스로를 무너뜨린다. 내가 못하는 것에 슬퍼하는 것이 아니라 '누구는 하는데 왜 나는 못하지?'로 아파한다. 누가 정해 놓은 것인지 모르는 그 수많은 기준에 우리의 행복이란 기준을 두고 스스로를 판단해 불행의 늪으로 빠뜨린다. 그리고 그 깊은 늪에서 허우적거리며 사랑하는 사람마저 늪으로 빠뜨린다. "피곤해"라는 말로 세상 모든 힘듦을 사랑하는 사람 앞에 가져다 놓는다.

사람과 관계를 맺고 만남을 갖고 그 안에서 행복을 찾는다는 것이 '다른 누군가와 함께'에서 시작하는 줄 알지만 사실은 아니다. 내 스스로와 관계를 맺는 것부터 시작된다. 나는 무슨 색을 좋아하며 나는 어떤 음식을 가장 좋아하는지, 나는 어떤 노래를 좋아하고 무엇을 하면 가장 행복한지, 나는 어떤 장소를 좋아하며 무슨 이야길 들으면 슬퍼지는지, 내 안에서 해결해야 되는 여러 가지 고민은 무엇이 있는지, 무엇을 잘하는지, 내가 이루고 싶은 건 무엇인지 그리고 사랑하는 사람에게 내가 바라는 것은 무엇인지 들여다보아야 한다. 잘 알 것 같지만 당신은 아직도 자신 스스로를 잘 모를 가능성이 높다. 나를 모르고서는 그 누구와도 관계를 가져갈 수 없다. 왜냐하면 당신은 또 세상 모든 비루함을 가지고 사랑하는 사람 앞에서 나를 알아 달라고 외칠 것이기 때문이다.

잊지 마라. 당신이 알아야 할 것은 당신 앞의 누군가가 아니라 바로 당신이다. 그리고 심지어 당신은 꽤 매력적이라는 사실도 알아야 한다. 당신은 당신이 생각하는 것보다 잘생겼고 아름답다. 당신이 생각하는 것보다 훨씬 더 잘하고 있고 이뤄내고 있다. 잊지 마라. 당신은 이 세상에 단 하나뿐인 사람이다. 두 명은 없다. 죽어도 둘이 될 수 없는 최고의 한정판이다.

제발 잊지 마라. 누군가에게 당신은 존재 자체가 기쁨이다.

Epi.4

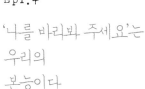
'나를 바라봐 주세요'는
우리의
본능이다

옷을 사러 가면 아내는 "어떻게 골라도 꼭
그런 걸 골라?"라고 나에게 되묻는다. 내가 특이한 색깔, 특이한
모양, 특이한 프린트를 좋아하기 때문이다. 컬러도 눈에 띄면 띌
수록 좋아하고, 정장도 가급적이면 검은색이나 네이비색 그리
고 회색은 피하는 편이다. 남들과 똑같다는 느낌이 들기 때문이
다. 옷이라는 것은 나를 표현하기 위해서 입는 것인데, 남들과 똑
같다면 의미가 없기 때문이다. 옷만 그런 게 아니다. 가지고 다니
는 물건, 말을 하는 방식, 삶을 살아가는 방법까지도 나는 남들과

다른 것을 추구한다. 작은 것에서 큰 것까지 말이다. 최근에 다홍색 운동화를 샀다. 그 신발을 보는 사람들은, 신발밖에 안 보인다며 너무 튀는 거 아니냐면서 면박 아닌 면박을 주지만 나는 그 면박을 넘어 '튄다'는 느낌을 좋아한다. 그리고 그 순간 나에게 날아오는 시선을 좋아한다. '그게 나야!'라고 말하고 있다는 느낌이 든다. 그래서 너무 마음에 들었던 셔츠, 너무 좋아했던 코트도 길을 가다가 누군가 똑같은 걸 입고 있으면 그날부터 그 옷은 입기 싫어진다. 나를 표현하는 것이 아니라 모두를 표현해 버린 물건으로 전락해버리니까. 나는 또 조금 더 다른 것을 찾는다. 관심 받을 수 있도록 더 특이한 것을 찾는다.

그런 나는, 어느 순간 누구도 모르게 관심종자가 되어 있었다. 사람들의 관심을 받기 위해 살아가는 사람들, 그런 사람 중에 한 명이 되어 있었던 것이다. 나의 아이덴티티가 아니라 누군가 만들어준 아이덴티티를 좇고 있었고, 내가 무슨 생각을 하고 사는지, 내가 어떤 옷을 입고 다니는지, 나의 삶의 방식이 어떠한지를 결정하기 전에, 누군가에게 어떻게 비춰질까를 더 많이 고민했고 사람들에게 관심 받고 싶어 하는 나를 발견했다. 그런 마음 때문에 시작했던 것이 블로그였다. 인터넷이라는 하나의 커다란 창구를 통해서 세상 사람들에게 나를 보여주고 싶었던 것이고, 또 인정받고 싶었던 것이다. 특별해지고 싶은 마음에 특별한 인생으로 꾸미는 것부터 먼저 배웠다. 특별해지는 것은 내가 아니라 인터넷 속에 비춰지는 나뿐, 나는 여전히 그 모습 그대로였다. 나는 결코 특별하지 않았다. 그리고 그때 나는 참 외로웠다.

어릴 적 나는, 선생님의 질문에 알든 모르든 손을 번쩍번쩍 드는 아이였다. 그 질문에 답을 하고 싶었던 마음이 항상 앞섰고, 잘하는 내 모습을 누군가에게 보여주고 싶은 마음이 항상 앞섰다. 그래서 실수 많은 아이로 통했고 시도는 많이 하지만 거두는 것은 별로 없는 아이였다. 시끄럽고 말은 많고 포부는 원대하지만, 실상은 아무것도 이루어내지 못하는 초라한 아이가 나였다. 하지만 나는 그렇게라도, 꽤 오랫동안 사람들의 눈에 띄고 싶어 했다. 그래서 1년도 쉬지 않고 반장을 했고, 나를 가꾸려 했다. 사랑하는 사람들의 관심이 필요했고, 엄마의 관심이 필요했다. 그리고 그날도 여느 날과 다름없이 엄마에게 관심을 요구했다.

"엄마, 이번 운동회는 올 수 있어?"

"가야지! 아들 운동회인데 그런데 처음부터는 못갈 것 같아."

"피, 별로 온 적도 없으면서… 이번에 달리기 하는데 꼭 와"

"우와, 우리 아들도 나가?"

"응, 엄마. 나 나가 달리기, 나 우리 반에서 제일 빨라!"

내가 달리는 모습을 엄마가 봐주길 원해서였을까? 사실 나는 잘 달리지도 못하면서 엄마에게 자신 있게 외쳤다. 부모님은 내가 어릴 적부터 맞벌이를 하셨기 때문에 학교에 있는 행사에 참여하시는 게 현실적으로 힘들었다. 그래서 나는 '어차피 봐주러 오지도 못할 건데 뭐'라는 생각을 하면서도 엄마가 내가 달리는 것을 봐주길 바랐던 것 같다. 그리도 운동회 날, 엄마는 겨우겨우 내가 달리기하기 직전에 운동회에 오셨다. 나는 엄마가 온 걸 보고 더 힘껏 최선을 다해 뛰었다. 하지만 나는 6명 중에 4등을 했고, 그토록 원했던 손등에 도장을 받지 못했다. 엄만 지금도 그날을 내게 이야기한다. 잘 뛴다 그러더니 겨우 4등 했다고. 그런데 아직도 엄마에게 말을 못했다. 4등으로 들어오던 순간 일그러지던 내 마음들을. 엄마에게 "나 엄청 잘했지? 역시 엄마 아들이지? 운동회 때마다 와야겠지?"라고 말을 할 수 없었던 그날을. 스스로 창피해하고 너무 슬펐다는 것을. 그리고 나는 그 다음부터 엄마에게 와달라는 말을 잘 하지 못했다.

지금을 살고 있는 나도 별반 다르지 않다. 여전히 사람들에게 사랑받고 싶고, 관심 받고 싶다. 그때와 다르게 그 대상들이 더 다양해지고, 더 많아지고 있다. 만나는 방식도 다르고, 보여지는 방식도 달라졌지만, 그 수많은 행동과 마음속에 있는 딱 하나의 메시지는 '나를 바라봐 주세요'다. 고개를 돌려 눈을 맞추고, 내 존재

를 확인받고, 내 특별함을 누군가에게 인정받고 싶은 마음이 나에게 있는 것이다. 초등학교 달리기를 출전해 잘 달리고 싶던 우리의 마음과 하나도 다르지 않다. 우리 인생에 운동회는 두 번 다시 오지 않지만, 운동회 때 가졌던 마음은 언제나 아니, 매일 우리 문을 두드린다. 그리고 우린 그런 마음 때문에 조금 더 우리의 삶을 세상에 보이려 노력하며 살아가고, 누군가의 관심을 받고 싶어 하며 다른 누군가와는 다르고 싶어 한다. 똑같은 건 싫다. 똑같아도 누군가에겐 다른 우리가 되고 싶다. 관심 받고 싶기 때문에.

 SNS를 통해 누군가의 삶을 들여다볼 수 있는 세상에서 나는 나와 비슷한 사람들이 많다는 것을 알게 되었다. 덕분에 만나지 않아도 무엇을 먹었는지 알 수 있고, 소식이 끊겨도 지금 해외여행 중이라는 것을 안다. 만날 까먹었던 생일도 알 수 있고, 당장 오늘 아침 어떤 옷을 입고 출근을 했는지도 알 수 있다. 사람들은 주로 페이스북을 통해서는 '내가 이렇게 잘 살고 있다'를 보여주고 싶어 하고, 블로그를 통해서는 '나 이렇게 전문적이야!'를 보여주고 싶은 마음이 있다고 한다. 인스타그램을 통해서는 '내가 이렇게 잘 먹고 있다'는 것을 보여주고 싶은 마음이 얼마나 큰지 음식 사진이 대부분이고, 카카오스토리를 통해서는 '내 아이가 이렇게 잘 크고 있다'는 육아일기의 장으로 쓰이며, 트위터는 '내가 이렇게 이상하다'는 것을 보여주는 매체로 쓰인다는 우스갯소리도 있다.

하지만 결국 각 SNS에서 보여지는 우리 모두의 모습들 속에서 이용하는 이유도 모습도 모두 다르겠지만, 그 안에 있는 진정성, 그 안에 있는 진실성, 그리고 또 허구성까지 포함해 딱 하나 보여주고 싶은 것이 있다. '여기 나! 우리를! 봐 주세요' 그렇게 관심 받으면서 우리의 외로움을 조금씩 덜어내려 노력하고 있고, 순간순간 엄습하는 우리의 초라함을 조금씩 털어낼 수 있다는 것이다.

그러고 보면 특이한 옷을 사고 싶은 내 마음도, 블로그를 통해 한때 나를 드러내고 싶었던 내 마음도 너무나 당연했던 게 아닐까? 관심종자라는 단어를 쓰기 이전에 우리 모두 누군가에게 사랑받고 싶고 관심 받고 싶음을 인정하는 일, 우리도 언제나 갑자기 그리고 항상 외로운 사람들일 수 있다는 것을 인정하면 사람들의 표현을 조금 더 여유롭게 받아들일 수 있지 않을까? 그런 마음들 속에서 우리들만의 '특별함'을 만들 수 있게 될 것이다. 우리는 사랑하는 사람들 사이에서 살아간다. 사랑의 정도는 다 다르겠지만, 그들로부터의 관심에 대한 갈급은 늘 우리 곁에 있다. 우리가 그 사람들을 사랑하기 때문이다. 사랑하는 마음 때문에 그들 사이에서 튀고 싶다는 생각, 인정받고 싶다는 생각은 너무 당연하다. 나도 그렇고, 당신도 그렇다. 괜찮다. 살면서 '나를 바라봐 주세요'는 우리의 당연한 본능이다.

Epi.5

항상
솔직할 수 없어
매력적이다

　　　　　시험에 실패했을 때였다. 죽마고우들과 둘
러앉아 못 마시는 술을 억지로 밀어 넣으며 신세 한탄을 했다. 계
속되는 실패에 나는 만신창이가 되어 있었다. 초등학교 때부터 쭉
나를 봐온 친구들은 연이은 나의 실패기를 들어주기 힘들었던 모
양이다. 결국 한 친구가 말을 툭 내뱉었다.

　　"야! 투정 부리지 마, 운 없는 척도 하지 마, 넌 인마 그냥 떨어
질 만큼 공부했기 때문에 떨어진 거야. 붙은 애들은 전부 운이 좋
아서 붙었냐? 걔들은 놀았는데 너만 떨어지고 걔들은 다 붙었어?

네가 딱 그만큼 했으니까 떨어진 거야."

　나는 솔직한 그 친구의 말에 할 말을 잃었다. 정답이다. 더군다나 그 녀석, 서울대 컴퓨터공학과에 다니고 있었다. 지금 같으면 '아, 이 고마운 친구를 어쩌면 좋을까' 생각했겠지만 나는 그때 그 친구가 너무 미웠다. 나 또한 내가 번번이 시험에 낙방하는 이유를 모르는 건 아니었다. 그렇다 해도 하필 오늘 친구에게 그런 말을 듣고 싶은 건 더더욱 아니었다.

　'너는 왜 당장 나더러 현실에 맞서라고 하니? 나는 지금 그런 부족함도 끌어안아줄 친구가 필요한데….'

　친구의 솔직함 덕에 그날은 정말 마시지도 못하는 술을 너무 많이 들이부었던 기억이 난다.

　솔직함이 미덕인 세상이다. 솔직하다는 말은 '거짓이 없고 올곧아 바르다'는 의미로 쓰인다. 요즘은 사람의 큰 장점으로 표현되기도 하지만 나는 그 솔직함이 가끔 싫다. 그 솔직함에 상처받는 사람이 있기 때문이다. 그리고 그 의도가 가끔 분명하게 느껴질 때가 있기 때문이다.

　솔직함은 두 가지로 구분된다. 나 스스로에 대한 것 그리고 상대방에 대한 것. 이 두 솔직함 중에 조금 더 긍정적으로 쓰이는 솔직함은 바로 나 자신에 대한 솔직함이다. 소신이 뚜렷하며 감추지 않고 스스로를 드러낼 수 있는 사람. 그것이 너무 담백하고 멋지게 느껴져서 다른 사람에게 어필할 수 있는 사람. 나도 너무나 그런 사람이고 싶었다.

나는 회사 선후배와 동료들, 학교에서는 선생님과 친구들, 집에 있는 가족 등 사랑하는 많은 사람들이 있다. 그리고 이 사람들을 사랑하기 위해서 나는 솔직함이라는 이 강력한 매력을 버렸었다. "나는 이 음식을 좋아해. 그러니 이걸 먹으러 가자!"라는 말 대신 "뭐 먹고 싶어? 나는 다 괜찮아."라며 상대방이 먹고 싶은 걸 먹었다. 심지어 내가 잘 먹지 못하는 음식이더라도 상대방이 좋아하면 어쩔 수 없이 먹은 적도 있다. 보고 싶은 영화도 포기했다. 서운한 마음이 들어도 말하지 않았다. 하고 싶은 것도 참았다. 사랑하는 사람이 나에게 실수를 해도 늘 괜찮다고 말해주었다. 정말 안 어울리는 옷을 입고 나와도 예쁘다고 했다. 하지만 그렇게 시간을 보내다 보니 사랑하는 사람들 사이에서 나를 잃어가기 시작했다. 24살이 되던 해에 나는 솔직해져야겠다고 마음먹었다. 내가 먹고 싶은 걸 당당하게 이야기했고, 내가 가고 싶은 곳을 말했다. "내가 보고 싶은 영화는 이거다"라고 주장했고, 서운한 마음이 들면 곧 이야기하려 했다. 그랬더니 사랑하는 사람들이 나를 멀리하기 시작했다. 나와 같이 밥을 먹고 싶어 하지 않았고, 영화를 보고 싶어 하지 않았다. 심지어 나와 대화하기를 싫어하게 되었다. 내 솔직함이 불편했던 것이다. 결국 어느 쪽도 쉽지 않았다.

'솔직하다'는 단어는 대개 긍정적인 의미로 쓰인다. 솔직한 사람은 곧 매력적인 사람을 뜻하기도 한다. 그런데 현실은 조금 다르다. 솔직함이 주는 불편함도 그 긍정적인 여파만큼이나 강력하다는 것을 알았다. 그 후로는 가급적 눈앞에 있는 사람들에게 특히, 그게 내가 사랑하는 사람일 경우에 솔직함을 그대로 말해도 좋을지 고민했다.

'내가 보기에 오늘 스타일이 별로인데… 그래도 멋지다고 말해야겠지? 분명 살이 전보다 좀 찐 거 같은데… 오! 살 빠졌는데?라고 말해야 할까?'

고민은 끝나지 않았다. 어느 쪽도 정답이라 느껴지지 않아서다. 하지만 이제 나는 솔직하다는 것이 내 앞에 있는 사람에게 마음의 스크래치를 내는 일이라면, 조금은 그런 솔직함을 버리고 싶다. 사실 그 솔직함은, 순간 내 마음에 드는 생각을 내가 편하기 위해서 내뱉는 경우가 많다는 것을 깨달았다. 그리고 만약 우리가 솔직해져야 할 때 그게 내 마음이 편하기 위한 솔직함이라면, 솔직하지 않은 게 오히려 나을 때가 많다는 것을 알게 되었다. 그럼 어떤 솔직함이 매력적인 걸까?

그날 '투정 부리지 마! 떨어질 만큼 공부했기 때문에 넌 떨어진 거야'라고 말한 친구를 곱씹어 보았다. 그 친구는 본인이 편하기 위해 내게 그런 말을 한 것일까? 아니면 정말 나를 위해 한 말이었을까? 본인이 편하기 위해서라면 오히려 위로 쪽이 더 좋았을 것이다. 사실 그 말은 내게 독보다는 아주 쓴 약에 가까웠다. 그날 친구는 나름대로의 용기를 낸 것이다. 아파하고 있는 친구를 위해 다시 아프지 않으려면 그런 너를 이겨내라는 친구만의 조언이었고 격려였던 것이다. 공부하는 내내 "넌 지금 열심히 하고 있으니 좋은 결과 있을 거야"라는 이야기보다 결국 내게 더 큰 힘이 되었다. 하지만 그때는 친구의 솔직함이 불편했고 싫었다. 친구의 용기에 불편한 솔직함만 걸러내어 상처받았다.

사람들은 솔직함을 매력적이라 생각하지만, 사실 그 솔직함이 내 마음에 드는 말일 때, 그 말이 내가 듣고 싶었던 말일 때, 다른 사람의 솔직함을 매력으로 인정한다. 그러다 보니 관계에서 솔직함은 선물을 주는 것과 비슷한 면이 많다. 그냥 던져주면 안 되고, 잘 포장해야 하고 진심을 담아야 한다. 아 다르고 어 다르듯이 정말 상대방에게 필요한 말이라면 우리의 마음이 전달될 수 있도록, 듣는 이가 걸러내어 상처 받는 것으로 끝나지 않게 잘 포장해야 한다. 우리의 마음을 드러낸다는 것은 분명 쉬운 일이 아니다. 솔직함이 매력이 되는 일은 더 어려운 일이다. 그래서 때론 솔직하지 않을 수 있고, 또 솔직하지 못할 수 있다.

큰 창으로 사방이 둘러싸인 전망대에 올라서면 시원하게 보이는 세상이 그토록 크고 아름다워 보일 수 없다. 그때 나는 '이렇게 세상이 내려다보이는 큰 창이 있는 집에서 살고 싶다'는 생각을 종종 했다. 그러다 문득 이런 생각도 스친다. 내가 바라보는 관점에 서라면 그런 창이 참 좋을지도 모르지만, 그 큰 창을 통해 누군가 나를 들여다본다고 생각하면 오히려 큰 창이 불편하게 느껴질 것이라는. 솔직함도 비슷하다. 내 관점에서는 해야 할 말들을 하는 것이지만, 반대 입장에서는 불편하고 부담스럽다. 창이 있는 집이라면 대부분 커튼을 달듯, 때로는 우리의 솔직함에도 커튼이 필요하지 않을까? 종종 너무 눈부시게 들어오는 햇볕을 막기 위해서, 혹은 그 창으로 보여지는 날것의 시선을 막기 위해서. 우리가 바라는 솔직함과 보여주고 싶은 솔직함이 다르기 때문에 우리의 마음에도, 큰 창에도 커튼은 필요해 보인다. 너와 나의 관계에서도.

그래서 항상 솔직하지 않아도 괜찮다. 그럴 수 없고 그럴 수 없어서 당신이 매력적이다.

Epi.6

한 사람만
생각하는 순간

　　　　　　　　내가 가장 설렜던 만남의 형태는 미팅도 소
개팅도 아닌, 바로 마니또다. 제비뽑기로 정해진 누군가에게 비밀
스러운 수호천사가 되어주는 놀이다. 내가 누군가의 마니또임을
들키지 않고 잘해줘야 하는 설렘은 그 어떤 만남보다 쿵쾅거리고
상상력을 키운다.

　어릴 적 일 년에 한 번 반이 바뀌고 나면 친구들과 함께 마니또
게임을 했던 기억이 난다. 이 마니또 게임의 묘미는 두 가지다. 첫
번째는 '난 누구의 마니또일까? 그리고 내가 좋아하는 아이의 마

니또는 누구일까?'이고, 두 번째는 그 마니또로부터 받을 선물에 대한 기대감이다. 전혀 기대하지 않는 사람에게 받는 선물 그리고 전혀 나에 대해 생각하지 않은 누군가가 나만을 생각하며 준비하는 선물. 그게 마니또 게임의 가장 큰 즐거움이자 기쁨이다. 시간이 지나 그런 자연스러우면서도 인위적인 만남은 더 이상 생겨나지 않았지만, 낡은 박스 안에 차곡차곡 모아둔 추억은 가끔 날 피식피식 웃게 만든다. 이제는 이름도 기억이 나지 않는 나의 마니또들과의 추억 말이다.

지금은 마니또 대신 빼빼로데이, 화이트데이, 밸런타인데이, 로즈데이, 블랙데이, 구구데이, 구이데이, 키스데이, 포토데이 등등 사람이 중심이 아니라 물건이 중심이 되어버렸다. 사랑하는 마음을 이용해 정해진 물질을 선물하는 이 이상한 기념일에 대부분의 사람들은 자신의 의지를 포함시키지 않고 서로 강요하고 서로 서운해한다. 안 챙기기도 이상하고, 챙기기도 이상한 상태에 놓이게 되는 것이다. 그 안에 누군가를 사랑하는 몽실몽실한 마음도 있겠지만, 때로는 선물이라는 것이 기념일에 휩싸여 의무가 되고 혹은 책임이 되어버렸다. 우리는 우리의 자유의지를 박탈당한 채 나도 모르게 프로모션 진행 중인 그 무언가를 산다.

내가 받은 선물 중에서 가장 의미 있었던 것은 시계다. 카시오에서 만든 이 시계는 받았을 당시에만 해도 아주 좋은 축에 속하

는 것이었다. 친구는 그 시계를 나에게 주며 이렇게 말했다.

"시간이 흘러 또 흐르고 흘러도 시곗바늘은 같은 자리를 맴돌 듯, 우리 모두가 함께였으면 좋겠다. 더군다나 시간에 늘 쫓기는 네가 조금은 다시 돌아올 시간이 있다는 것을 깨달았으면 좋겠다."

이제는 시간이 너무 흘러 멈춰버린 시계처럼 그 친구와의 시간 도 멈춰버렸다. 너무나 먼 곳으로 떠나버렸기 때문이다. 하지만 아직도 내 마음속에서 그 친구가 그 시계를 사들고 뛰어오던 모습 이 훤하다. 그리고 받는 나보다 주는 그 친구가 더 행복해하던 웃음이 내 기억에 너무나 뚜렷하다. 그 친구의 선물은 그랬다. 그냥 너와 나만을 생각한 선물이었다.

누군가를 위해 선물을 산다는 것은 참으로 힘든 일 중에 하나 다. 신혼여행을 갔을 때, 가족들 선물을 사느라 몇 날 며칠을 고민 하고 또 고민했지만 마음에 드는 선물을 다 사 오진 못했다. 매년 돌아오는 사랑하는 사람의 생일이나 가족의 생일 그리고 또 내 주 변에서 나를 행복하게 하는 사람들에게 줄 선물을 고르는 일은 여 간 당혹스러운 게 아니다. 기껏 고민해서 선물을 줬더니 그걸 다 른 사람에게 선물하시던 부모님을 나는 자주 목격했다. 물론 지금 은 우리 아버지, 어머니께서 쿨하게 "돈으로 줘"라고 해주시는 바 람에 서운한 마음은 없지만, 때론 현금으로 드린다는 것도 기분이 썩 내키지는 않는다. 선물을 드린다는 것에는 많은 것이 포함되어 있기 때문이다.

나는 선물을 고를 때 몇 가지 원칙이 있다. 하나는, 내가 사랑하는 사람들이 평소에 무엇에 관심이 있고, 무엇을 좋아하는지 알아 둔다는 것이다. 그리고 그런 것들을 발견하면 꼭 메모해 둔다. 두 번째는, 선물을 고를 때 절대 아쉽지 않게 고른다는 것이다. 아쉽게 고른 선물은 드리고 나면 꼭 후에 마음이 안 좋았던 기억이 있기 때문이다. 아끼지 말아야 할 데 아끼면 곤란해진다.

확실한 사이에서는 이런 실수를 하는 일이 드물다. 대화를 많이 하기 때문에 그 사람이 무엇을 좋아하는지도 알게 되고, 그런 사람일수록 마음을 아끼지 않게 된다. 그러나 필요한 사람이긴 하지만 소중한 사람이 아닌 경우, 즉 그렇게 친하지 않은 사람, 예를 들어 직장 상사라든가 오랫동안 연락이 끊겼던 친구에게 선물할 일이 생기면 고민이 깊어진다.

실제로 회사 선배가 승진을 해서 선물을 해야 했다. 평소 선배가 무엇을 좋아하는지 잘 알지 못해서 가장 평범한 선물인 펜을 골랐다. 펜을 고르면서도 적당한 가격대가 가늠되지 않아서 '이 정도면 충분하겠지' 싶은 것을 골랐다. 하지만 그 선물은 실패였다. 그 선배는 펜을 잘 쓰는 사람도 아니었고 더군다나 선물을 해주고도 선물이 너무 가벼웠다는 생각이 머릿속을 떠나지 않았다. 차라리 뭐가 필요한지 물어 보았다면 더 좋았을 것이다. 선물을 해놓고도 찝찝했다. 그때부터 선물을 고를 때의 원칙은 지키려고 노력했다.

어릴 적 많이 했던 마니또 놀이의 가장 큰 매력은, 그동안 관심에 없던 한 사람을 내 세상 중심에 끌어다 놓고 그 사람만 생각한다는 것이 아닐까 싶다. 비밀스럽게 잘해줘야 하기 때문에 용의주도해야 한다. 티 나지 않게 모른 척하며 마니또를 지켜보면서 아껴주고 잘해줘야 한다. 참 신기했던 건 평소에 관심이 없던 친구였는데 내 마니또가 되면 그때부터 그 친구가 좋아졌다. 한 사람을 생각하며 선물을 준비한다는 것은 그만큼 많은 마음이 담긴다. 그리고 나에게 시계를 선물했던 친구처럼 세상 가장 행복한 사람이 되어 선물을 할 수 있게 된다.

선물을 고르는 건 너무나 힘들다. 어쩌면 진짜 그 사람이 원하는 것을 모르는 게 당연하고, 나를 위한 것이 아니라 상대방을 위한 것이기 때문에 그렇다. 그래도 선물하는 것이 의미 있는 이유는, 다시는 오지 않을 순간에 오직 그 사람만을 당신의 삶에, 생각에 놓아두기 때문이다.

당신이 지금 누군가의 선물을 고민하고 있다면, 그 누군가는 분명 행복한 사람일 것이다. 진짜 선물은, 바로 그 선물을 고르는 순간의 당신의 마음이니까.

서로를 향한
끊임없는 새로 고침이
필요하다

누군가를 누군가에게 소개하는 자리나 다른 사람에게 나를 소개하는 자리는 힘이 든다. 불쑥 내 인생으로 누가 들어오는 일이기도 하지만 잘해보자는 마음 때문에 그 순간 몸에 힘이 들어가고, 마음에 힘이 들어가기 때문이다. 그리고 그렇게 힘이 들어간 관계에서는 무언가 기대를 하게 된다. 소개팅으로 사랑이 싹틀 확률이 적은 이유도 비슷한 이유에서다. 그 순간, 그 자리에서 자연스런 내 모습과 상대방의 모습이 아니라 지극히 연출된, 그래서 뭔가 부자연스러운 상대방의 모습을 봐야 한다. 그러니 쉽게 끌릴 수가 없다. 더군다나 마음과 몸을 단장하고 나온 그 자리에서 서로에 대한 기대심리는 서로를 올바른 눈으로 바라보는 데 장애가 된다. 결국 이쪽에서 관심이 있으면 저쪽에서 관심이 없고, 저쪽에서 관심이 있으면 이쪽에서 관심이 없는 일이 생긴다. 자연스럽게 조금씩 스며드는 관계가 아니라. 두 주먹 꽉 쥐고 다짐하듯이 '우리 한번 잘 지내 봅시다'라며 결의를 다지는 것은 쉬운 일이 아니다. 심지어 그 잘해보자는 마음조차 경우와 농도가 다르기 때문이다.

남녀 관계에서 뿐만 아니라 고부간에도 그렇다. 평일 밤 11시쯤이 되면, 흥행하는 드라마들이 차례로 끝나고 여러 가지 관계와 연관된 프로그램들이 이어서 방송된다. 그 안에는 부모와 자식 간의 관계, 가상 결혼, 스승과 제자, 사위와 장모 혹은 토론 상대 등 다양한 프로그램에서 서로 처해 있는 관계에 대한 여러 가지 면을 보고 판단하며 대화를 나눈다. 그중에서도 가장 핫한 주제는 단연 '시월드'다. 나는 아내가 집에서 그런 프로그램들을 보고 있는 걸 별로 좋아하지 않는다. 사람은 본 것만 상상할 수 있다는 말처럼, 보지 않으면 상상할 수도 없게 된다. 아내가 그런 프로그램을 통해 간접적으로나마 관계의 부정적인 면을 알게 되고 그런 시선으로 판단하지 않게 되길 원하기 때문이다. 세상에 많은 시어머니가 있더라도 그것과는 별개로 우리 엄마를 바라봐 주었으면 하는 마음이 크다. 흔한 일반론일 수 있지만, 어떠한 상황에서 '이 사람은 이러겠지?'라고 앞서 판단하는 것이 가끔 관계를 위험하게 만드는 경우를 종종 봐왔다.

다행히 엄마와 아내는 그러지 않았다. 서로를 오롯이 바라볼 용기를 가진 여자들이었다. 두 사람은 제법 비슷한 성향을 가졌다. 좋아하는 것도 비슷하고, 삶을 살아가는 모습도 비슷한 '노력형'이다. 엄마는 며느리에게 사랑받는 시어머니가 되기 위해 아낌없이 마음을 쓰고 계시고, 아내 역시 시부모님께 사랑받는 며느리가 되고 싶어 한다. 반면 두 사람은 비슷한 점만큼 다른 점도 참 많다. 엄마는 열정적이지만, 아내는 정적인 편이다. 엄마는 취미가 다양한 편이지만, 아내는 특별히 취미가 없다. 엄마는 예쁜 그릇을 모으거나 새로운 곳으로 떠나는 여행을 좋아하고, 가만히 있는 것보단 맛있는 걸 찾아 먹으러 다니는 걸 좋아하며 조금이라도 좋은 게 있음 가족들과 공유하고 싶어 한다. 그러나 아내는 사실 그런 것에 관심이 없다. 이것도 좋고, 저것도 좋은 사람이다. 그저 엄마가 좋다면 다 좋은 사람이고, 엄마가 싫다고 하면 똑같이 눈에 불을 켜고 싫어한다. 그렇게 비슷하면서도 다른 두 사람이 서로의 자리에서 관계를 만들어가는 모습은, 어떤 부분에 있어 신선하고 충격적이었다. 관계에 미숙한 아버지와 나 혹은 나와 장인어른과의 관계와는 사뭇 달랐다. 두 사람은 서로를 향해 끊임없는 노력과 마음을 보이고 있었다. 아주 작은 일에서 아주 큰일까지… 두 사람은 서로를 생각하는 인정과 존중이 묻어나는 모습이었다.

그릇을 좋아하는 어머니는 분위기파다. 좋은 음식을 좋은 사람들과 좋은 분위기에서 좋은 그릇에 먹어야 한다는 지론을 가지고 계신다. 우리가 직접 사기 힘든 좋은 그릇들을 며느리가 갈 때마다 한가득 모아놓고 "이 그릇은 기분이 안 좋을 때 쿠키를 이렇게 놓고 먹으면 되고, 이 그릇은 카레를 먹을 때 쓰면 안성맞춤이야. 이 그릇은 손님들 오실 때 꺼내놓으면 폼이 좀 나지" 하신다. 뭐라도 하나 더 주고 싶은 마음에, 계획에도 없던 그릇들까지 꺼내 오시며 "이것도 줄까?" 하고 웃으시면 아내는 엄마가 한 말을 하나하나 귀담아 듣고 "어머니, 그럼 이 그릇은 이럴 때 쓰면 되겠네요?"라며 쓰임새를 수첩에다 적어놓는다. 집에 오면 얼른 그릇들을 잘 정리해두고, 그 그릇에 음식을 담아 상을 차려 줄 때면 기분이 썩 좋다.

그런데 이 두 사람이 진짜 노력하고 있다는 게 느껴지는 건 의외로 다른 부분에서였다. 대충 따져 봐도 꽤 값이 나갈 것 같은 그릇들을 양껏 주시고도 엄만 아내에게 미안해한다. "네 마음에 드는 그릇들로 네 부엌을 꾸미고 싶을 텐데 시어미란 사람이 다 줘버려서 네 마음대로도 못하게 해서 미안하다"고 말씀하신다. 아내는 엄마가 한 말들이 못내 마음에 걸렸는지 밥을 해먹을 때면 꼭 사진을 찍는다. 자신은 이 그릇들이 참 좋고, 어머니가 주셔서 행복하고, 이 그릇들로 즐거운 식사시간을 보내고 있다며 사진으로 보여드린다.

"짠! 오늘은 어머니가 주신 이 그릇에 밥을 먹을 거야. 이건 스테이크용 그릇이거든!"

세상 가장 행복한 미소를 얼굴에 머금고 아내가 차려내는 밥을 먹을 때면 '이 두 사람은 누구보다도 서로를 향해 진심으로 노력하고 있구나' 하는 생각이 들곤 한다. 사소한 일들이지만, 서로의 마음을 헤아려 주는 모습이 보기 좋았다. 살다보면 서로에게 서운할 일도 생기고, 어려운 일도 생길 테지만, 근본적으로 두 사람은 서로가 행복했으면 좋겠다는 생각을 밑바탕에 깔고 있다. 아내는 어머니가 나의 엄마로서 살아오신 모든 인생을 인정하고 존중한다. 엄마 또한 아내가 자신만의 인생을 하나씩 하나씩 꾸려가고 노력하는 모습을 인정하고 아껴주신다. 그러면서도 내가 할 수 있는 일, 서로가 노력할 수 있는 일을 찾고 있다.

사실 시어머니와 며느리 사이는 참 어려운 관계다. 고부갈등이라는 말이 있는 것처럼, 며느리와 시어머니의 관계는 쉽지 않다. 세대가 달라서 서로의 생각을 이해하지 못할 수도 있고, 입장이 다르기 때문에 바라보는 관점도 다르다. 아주 다른 가치를 가진 사람들이 만나 사랑하는 사람의 짝이라서 존중해야 하고, 사랑하는 사람의 어머니이기에 존중해야 한다. 좋고 싫음의 문제를 넘어서서, 그 자리에 존재한다는 이유만으로 서로의 마음을 강요당하는 위치에 있다. 늘 서로의 시선을 의식해야 하고, 조심해야 할 것들이 많고, 오랜 시간을 같이 살아도 살가워지기 힘든 관계. 각자가 바라는 기대심리가 존재하기 때문에 그것이 채워지지 않으면 더 많이 실망하고 혹은 미워질 수도 있는 관계. 보이지 않는 아주 큰 벽이 둘 사이를 가로막고 있는 관계에 놓인 사람들이다.

어느 날, 라디오를 듣다가 한 상담코너에서 어느 며느리가 보낸 사연을 들었다. 요약하자면 '시어머니가 아프신데 아무리 병원에 가자고 해도 가시질 않아 어떻게 하면 좋을지 모르겠다'는 내용이었다. 사연을 읽고 난 상담사는 다소 냉정하게 말했다.

"시어머니가 자신의 엄마였다면 '어떻게'라는 말도 떠오르지 않으셨을 겁니다."

나는 상담가의 이야기에 뜨끔했다. 곧이어 상담자는 가볍지만 날카로운 말들을 이어갔다.

"대부분 관계에 대한 고민은 상대방을 남으로 인식하기 때문에 생깁니다. 고민하지 마시고, 그 사람이 '내 아빠라면, 내 엄마라면, 내 자식이라면, 내 형제자매라면…'이라고 생각해 보십시오. 고민하던 것들이 전부 부질없다는 것을 알게 될 겁니다."

나는 순간 고개가 숙여졌다.

'아! 남이 아니라면, 우리가 인정하고 존중하고 함께할 수 있어 야만 할 이유가 백만 가지쯤은 될 수 있다.'

엄마는 어느 날 솔직히 내게 말했다.
"아무리 노력해도 내 딸이 될 수 없을지도 몰라. 그런데 아들, 너 참 마누라 잘 얻었다. 그래서 엄마도 며느리가 참 좋다."
아내는 내게 말했다.
"좋고 싫고의 문제를 떠나서 나는 떨려. 내 모습을 좋아해 주시 지 않을까 겁나기도 하고. 하지만 그렇기 때문에 더 가까이 가고 싶고, 어머니의 사랑을 받고 싶어. 가끔은 어머니의 말씀이 내게 너무 의지가 되거든."
두 사람은 어려우면 어려울수록 자꾸 마주쳐야 하고, 불편하 면 불편할수록 더 가까워질 수 있다고 이야기한다. 아내는 은근슬 쩍 엄마에게 팔짱 끼는 것을 좋아하고, 엄마는 그런 상황을 즐기 며 행복해한다. 아주 다른 사람들이 만나 이렇게 한 가족이 된다 는 것은 쉬운 일이 아니다. 팔이 안으로 굽어서도 그렇지만, 누군 가를 인정하고 존중한다는 일이 쉽지는 않다. 하지만 관계가 어려 울수록 다가가는 힘은 결국 상대방에 대한 관심으로 바뀐다.
엄마는 묻는다.
"뭘 좋아하려나?"

아내도 묻는다.

"이걸 좋아하실까?"

서로가 좋아하는 것을 계속 물으면서 두 사람은 어느덧 서로를 생각하는 마음을 키운다. 나에 맞춰 상대방이 변하길 기대하기보다, 상대방을 위해 내가 어떻게 변화할 수 있을지를 고민한다. 끊임없이 스스로를 새로고침하는 것이다. 전혀 새로운 사람을 만났을 때, 변해야 하는 것은 상대방이 아니라 나인 경우가 많다. 신기한 건 그렇게 내가 먼저 '새로고침'을 누르면 곧 상대방도 나를 바라보며 '새로고침'을 누른다는 것이다.

비단 고부관계에서만 그럴까? 아니, 세상 모든 관계가 그렇다. 의도하지 않아도 만나게 되는 모든 사람과 서로를 향해 끊임없는 새로고침이 필요하다.

Epi.8

서툴러서
더 아름다워진다

'처음'이라는 단어가 주는 느낌은 다양하다. 그 다양한 감정이 나를 두방망이질한다. 뭐라고 표현해야 할까? '꽁냥꽁냥? 두근두근? 콩닥콩닥?' 무슨 표현을 쓰더라도 그 처음이 주는 심정을 모두 담아내긴 힘들다. 처음은 설레기도 하면서 두렵다. 기쁘면서도 낯설다. 불안하면서도 기대된다. 그게 우리가 '처음'이라는 단어에 대해 가지는 감정이다. 하지만 이 처음이란 단어는 또 다른 한 가지를 늘 수반하는데 그게 바로 우리가 물리쳐야 할 적이라고 생각하는 '스트레스'다. 흔히 스트레스는 안 좋은 일이 있을 때만 생긴다고 생각하지만 그렇지 않다. 스트레스는 긍정적이든 부정적이든 '변화'가 있을 때 찾아온다. 왜냐하면 우리는 변화에 적응해야 하기 때문이다. 그리고 하루를 끈질기게 살아내며 수도 없이 이 처음이라는 변화와 마주하게 된다.

어렸을 때는 처음 하는 게 참 많다. 처음 먹어 보는 것도 많고, 처음 타 보는 것도 많고, 처음 가 보는 곳도 많다. 매년 해가 바뀔 때마다 모든 친구들이 바뀌었고, 선생님이 바뀌었다. 개학하기 며칠 전부터 그 두려움과 설렘은 밤잠을 설치게 만들었다. 그렇게 처음이란 모든 사람에게 존재하며, 처음 없는 무언가는 주변에 없다. 문제는 나이가 들면서 이 처음이 점차 줄어들기 시작했다는 것이다. 모든 것이 익숙해지고 어제와 다르지 않은 오늘의 연속이며, 예전처럼 주기적으로 만나는 사람이 달라지지도 않았다. 그래서 어느 순간부터 처음이라는 변화가 더욱 두려워졌다.

내게 가장 강렬하게 남아있는 처음은 '아버지의 눈물'이다. 할아버지께서 돌아가셨을 때 나는 아버지의 눈물을 처음으로 마주했다. 군인 출신에 가부장적이시던 아버지. 항상 과묵하셨고, 내가 무엇을 물어도 대답하시는 걸 들은 적이 없었으며 언제나 숨막힐 듯한 포스를 풍기시던 아버지. 내게는 넘을 수 없는 벽이었고 또한 나를 지켜내는 건고한 벽이셨다. 그런데 할아버지께서 돌아가셨던 그날 눈물을 흘리시며 아버지가 내게 했던 말이 기억에서 지워지지 않는다.

"아들아, 이제 네가 와도 '우리 손자 왔구나'라고 말씀을 못하시는구나."

그 말과 내 생에 있어 아버지의 눈물은 다시 아버지와 나와의 관계를 처음으로 되돌렸다. 나는 그때를 잊지 못한다.

어린 나에게 아버지는 '무섭다'는 감정을 넘어서 공포 그 자체였다. 어린 시절에 나는 시끄러운 자명종 소리에도 깨어나지 못할 정도로 아침잠이 많았지만, 아버지가 안방에서 내 방으로 건너오는 발자국 소리에 소스라치게 놀라 깨는 아들이었다. 내 기억에 아버지와 함께 공놀이를 한다거나, 아버지의 손을 잡는다거나, 아버지와 웃으며 대화를 한다거나 아니, 아버지와 무언가를 함께했다는 그 어떤 기억조차 없다. 아버지와 함께 있는 게 숨막혔고 그런 아버지를 다른 친구들의 아버지와 비교하며 원망에 원망을 더했다.

아버지의 눈물을 본 그날 이후 나는 마음을 바꿔 힘내 물었다. 내가 어릴 적 왜 당신은 내게 사랑을 보여주시지 않았냐고, 왜 내게 따뜻한 손 한번 내밀지 않으셨냐고, 왜 늘 내 질문에 대답도 안 해주시고 나와 시간을 함께해주지 않으셨냐고 말이다. 따지듯이 묻는 나에게 아버지는 한참을 생각하다 입을 떼셨다.

"사랑을 어떻게 표현해야 할지, 무슨 말을 너에게 해주어야 할

지, 내가 어떤 역할을 해주어야 하는지 모르겠더구나. 그땐 나도 아무것도 모르는 초보 아빠였던 것 같다."

가슴이 쿵 내려앉았다.

'아, 아버지도 서툴렀구나. 아버지도 무엇을 해야 될지 모르셨구나. 그래, 아버지도 아버지가 처음이셨을 테니까.'

나는 아버지가 이해되기 시작했다. 자그마한 아들이 울 때 아버지는 당황하셨을 거다. 시험에 실패해 풀이 죽어 있는 아들에게 무슨 말이 힘이 될지 모르셨을 거다. 연애를 시작해 들뜬 아들에게 무슨 조언이 필요한지 모르셨을 거고, 지금 아버지의 사랑이 필요하다는 내 무언의 사인을 알아보지 못하셨을 거다. 아버지도 처음이셨으니까. 태어나 처음으로 아버지가 되셨으니까.

아버지를 보며 문득 나 또한 내 자식에게 원하는 만큼의 아버지가 될 수 있을까 생각했다. 아무리 교육계에서 오랫동안 일했다고 해도, 설사 아는 게 많다고 해도 이런 지식적 앎과 실제로 자식을 키우는 상황에 부딪히는 것과는 많이 다를 것이다. 처음으로 부모가 되는 것이고 그 처음은 1살 아이의 부모가 되는 것, 유치원생 아이의 부모가 되는 것처럼 계속될 것이기 때문이다. 그때가 된다면 단순히 깨닫고 아는 것이 아니라 내 아버지가 더 이해될 것만 같다. 사람은 누구나 처음을 맞이한다. 누구를 만나더라도 그 사람과 처음이 존재한다. 우리는 상처에 익숙해지고, 만남에 익숙해질 거라 믿는다. 나이가 들면 사람을 대하는 처세에 밝아지고, 잘할 수 있을 거라 믿는다. 하지만 그조차도 처음이다. 왜냐하면 만남은 당신에게 익숙할지 몰라도 상대방에게는 당신이 처음이기 때문이다. 세상 모두가 다른데 그 처음에서 오는 설렘과 두려움은 당연하지 않을까. 그래서 실수도 하는 거고 오해도 하고 눈앞에 진실에 기만당하기도 하며 관계를 맺는 것이다. 나도 너도 우리 모두가 처음이기에 우리는 모두 서툴다.

오늘도 누군가를 만나야 한다면, 그 사람과 새로운 관계를 맺어야 한다면, 더군다나 내게 꼭 필요한 사람이라면 한 가지는 꼭 기억하자. 서로가 처음이라는 것을 인정하는 것.

우리는 모두 서툴러서 더 아름다워진다.

Epi.9

지나간
시간이 보이면
친구가 된다

나이가 들면서 친구들이 조금씩 사라진다.
정확하게는 각자의 삶이 바빠지면서 친구라는 관계를 유지하는
데에 소원해진다. 더군다나 나이를 먹으면서 새로운 친구를 사귀
는 일도 드물다. 동료, 동기, 선배, 후배는 생겨나지만, 친구라고
불리는 사람이 새로 생겨나는 경우는 조금씩 사라진다. 더러 그렇
지 않은 사람도 있겠지만 사회에서 만난 사람들과는 '진짜 이야기'
를 나누기가 쉽지 않다. 눈앞에 놓인 주제에 대해선 한 시간이고
두 시간이고 떠들 수 있지만, 나에 대해서 알아야만 이해할 수 있

는 이야기들은 거의 나누지 못한다. 지나가 버린 내 첫사랑, 시험에 떨어져 몇 날 며칠을 집안에 처박혀 있던 날들에 대한 이야기, 어릴 때부터 무서워하던 어떤 것에 대한 이야기는 사실 회사 동료나 동기, 선후배하고 주고받기에 여간 어려운 게 아니다. 너무나 많은 부연 설명을 해야 하기도 하고, 무엇보다 그때 거기에 있지 않았기 때문에 깊은 공감은 힘들다.

미국에서 일을 하면서 나는 친구라는 것에 대해 다시 생각하게 되었다. 거기선 모두와 친구가 될 수 있었다. 70대 할아버지와도 친구였고, 20살 많은 직장 상사와도 친구가 될 수 있었으며 10살 어린 아이들과도 친구가 되었다. 영어라는 언어를 기반으로 한, 존댓말이 없는 문화적 환경의 차이 때문에 가능하다고 말할지 모르겠지만, 나는 그것보다 무언가 '다름'이 존재한다는 것을 어렴풋이 느낄 수 있었다.

내가 미국에서 일을 할 때, 각 나라에서 온 각자만의 이야기를 가지고 있는 사람들과 함께 일했다. 나는 그때 한국에서 뽑혀 디즈니로 일을 하러 오게 되었고 다른 동료들도 그랬다. 다른 문화 속에서 지내다 온 사람들이라 서로간의 조심성도 늘 존재했지만, 또 모두가 달라서 서로에 대한 궁금증이 참 많았다. 그중에서도 동양에서 온, 그것도 유일한 분단국가에서 온 나는, 단연 동료들 사이에서 주목 받았다. 특히 어설프지만 손금을 읽을 수 있는 내

능력은 동료들의 호기심을 끌어당기기에 충분했다. 그 말도 안 되는 능력으로 서로에 대해 알아가고 신기해하는 일들이 벌어진 것이다. 그중에서도 댄은 나의 손금 보는 능력을 대단히 좋아했다. 어떻게 손바닥을 보고 자신의 인생을 척척 맞추냐며 신기해했다. 그렇게 친구가 된 댄은 70세가 넘는 할아버지였다. 같은 일을 하며 대화를 나누다 보니 함께하는 시간이 많아졌고 자연스럽게 할 이야기도 계속해서 풍성해졌다. 일 이야기로 대화가 시작되었다가 할머니인 시스나를 만난 이야기와 서로의 가치관에 대한 이야기 그리고 한국에 대한 이야기까지 하게 되었다. 한참을 이야기하다가 나는 "우리나라엔 세대 차이라는 것이 있다. 그래서 이런 관계가 쉽지 않다. 그런데 우리는 이렇게 너무나 다른 시대를 살고, 서로 다른 문화를 가지고서도 대화가 늘 즐겁다. 어째서 이게 가능할까?"라고 물었다. 한참 턱을 괴고 생각하던 댄은 웃으며 내게 이렇게 말했다.

"적어도 지금 나는 나보다 네 안에 무엇이 있는지가 궁금하기 때문인 거 같다. 그리고 지금까지 내가 들은 너의 삶은 아름답다. 너와 친구라 영광이다."

나는 댄의 대답에 깜짝 놀라 다시 물었다.

"나의 삶이 아름답다고?"

댄은 또 웃으며 말했다.

"지고의 아름다움이란 살아가는 것의 괴로움을 알고 필사적으로 사는 모습이라 생각해. 누군가 차가운 시선으로 널 보더라도 그건 아마 너의 삶을 들어본 적이 없기 때문일 거야. 난 너의 삶을 들었으니 이해되고 아름답지. 누군가는 작은 나라에서 온 볼 것 없는 사람이라 생각할 수 있겠지만, 너의 이야길 들은 나는 네가 어떻게 살아왔는지, 어떤 마음이었는지 약간이나마 알게 되었어. 그리고 너에 대해서 더 궁금해지고 있으니 이제 우리는 둘도 없는 친구지. 거기에 나이며 세대 차이는 중요하지 않아."

댄은 나를 통해 나의 삶을 듣고 그 자체가 아름다우며 그 아름다움을 보여주어서 우리는 친구라고 이야기했다. 완전 다른 시각이라 생각했다. 그런데 곰곰이 생각해보니 댄의 말이 맞았다. 나는 친구들의 삶을 알고 있기에 또 그들이 내 삶을 알고 있어서 그들을 친구라 불렀다. 그리고 내 인생에서 더 이상 상대방의 삶을 알고 싶지 않을 때부터, 내 삶을 알려주고 싶지 않을 때부터, 그런 것을 안다는 것 자체가 피곤하다고 느껴진 그 순간부터 새로운 친구가 생기지 않았다.

생각해 보면 나의 시간을 아는 친구들에게는 지금의 '나'가 아니라 그때 그 시간의 '나'로 돌아간다. 철없고 어리고 아프고 뜨거웠던 그 시간의 나로. 2016년 어느 한때가 아니라 우리는 우리가 어렸던 그때로 다 같이 돌아간다. 그리고 그때 받았던 상처 때문

에 아직도 아파하는 지금의 2016년을, 그때의 기쁨을 회상하며 행복하게 살고 있는 지금의 2016년을 만끽한다. 일 년에 한 번 볼까 말까 하지만, 그렇게 봐도 어제 본 것 같은 이유는 2016년의 지금보다 더 진한, 그때의 수많은 날을 알고 있기 때문이다. 그런데 한 가지 슬픈 건, 그 언젠가 지금의 2016년을 기억해 줄 친구가 내 주변에 있는가 하면 '없다'는 것이다. 나의 2016년을 궁금해하는 사람이 없는 것처럼, 나 역시 누군가의 2016년을 궁금해하지 않기 때문이다.

우리는 관계에 있어서도 풍요의 시대에 살고 있다. 각종 SNS와 카카오톡에 이미 10년도 넘게 연락하지 않은 연락처들이 화석처럼 남아 있다. 우리는 "카톡 친추했어? 페북 친추했어?"라고 아무렇지도 않게 물으며 친구라는 단어 앞에 관계를 유지하는 다른 매개체를 대입해 친구 추가를 하지만 서로의 삶을 들여다보는 진짜 친구 추가는 사라졌다. SNS를 통해 친구의 일상을 이해하는 것이 아니라, 일상의 표면만 바라본다. 그리고 우리는 표면만 세상에 내비친다. 그렇게 관계를 유지하고 있다고 생각한다. 물론 모두가 그런 건 아니지만 말이다.

내일 만날 사람을 궁금해하자. 선배도 좋고 후배도 좋다. 나이 많은 분이라도 상관없다. 알면 알수록 흥미로운 게 한 사람의 삶이다. 그렇게 그 사람의 삶이 보이면 아름다워진다. 그리고 우리는 그 아름다운 삶이 보일 때 친구라 부른다.

《어린 왕자》에 보면 여우가 어린 왕자에게 이렇게 이야기하는 대목이 나온다.

"네가 오후 4시에 도착할 예정이면, 나는 이미 한 시간 전인 3시부터 행복할 거야."

나는 여기에 한마디를 더 보태고 싶다.

"너는 내 아름다움을 아는 친구니까."

당신의 시간을 아는 사람이 있다면 역시 당신은 아름답다. 당신이 누군가의 시간을 보는 사람이라면 당신은 더 아름답다. 그리고 만약 당신 옆에 누군가 아름다워 보이지 않는다면 그것은 그 사람의 살아가는 모습을 지켜보지 못했기 때문은 아닐까.

지나간 그 사람의 시간이 보이면 친구가 된다.

Epi.10

"내가 너라도"라는
말이면
충분하다

《인어 공주》라는 동화를 읽고 짜증이 났던 적이 있다. '도대체 이게 무슨 이야기지? 그냥 이렇게 인어 공주는 죽어버린 거야?'라며 화가 났던 기억이 난다. 사랑하는 마음을 이용한 마녀의 속임수에 넘어가 목소리를 빼앗기고 바보같이 사랑한다고도 말 못 한 인어 공주. 좀 더 인어 공주를 뜯어말리지는 못할망정 기껏 해결해준다는 게 사랑하는 왕자를 찌르라며 칼자루를 쥐어준 언니들. 하지만 그중에서도 가장 화났던 건, 하필 왕자가 눈을 뜬 그 타이밍에 나타나 동화가 끝나는 그 순간까지 자기가 구한 건 아니라고 말하지 않는 그 여자! 그리고 인어 공주의 사랑을 알아보지 못한 왕자까지….

  나오는 모든 등장인물이 하나같이 마음에 들지 않아 울어버렸다. 너무나 마음이 아팠던 기억이 난다. 인어 공주의 마음을 몰라주는 등장인물들 때문에 껄껄거리며 울었다. '한 명이라도 인어 공주의 마음을 알아줬더라면 얼마나 좋았을까? 그렇게 사랑은 무서운 거라고 언니들이 뜯어말렸으면 어땠을까? 공을 가로챈 그 여자가 인어 공주의 마음이 얼마나 아플지 헤아렸더라면, 마녀가 그 독약이 아니더라도 찢어질 인어 공주의 마음을 알았더라면, 왕자가 자신을 구해준 존재가 인어 공주인 줄 눈치껏 알아챘다면 얼마나 좋을까?'라는 생각을 나는 참 많이도 했다.

  학창시절 내가 공부를 할 때 꼭 그랬다. 공부를 잘하기 싫은 학생은 없다. 누구나 공부를 잘하고 싶다. 하지만 여건이 따라주지 않는다. 옆에서는 자꾸 놀자고 꼬시는 친구들이 있고, 같이 독서실을 가자 그래 놓고 옆에서 잠을 자버리는 친구들도 있다. 내 상황도 모르면서 '공부만이 살길'이라고 이야기하는 선생님도 만난다. 그럼에도 모든 방법을 동원해 할 수 있는 최선을 다하지만, 부모님은 알아주지 않는다. 순탄치 않다, 인어 공주처럼. 누군가의 손을 덥석 잡고 싶고, 결국 내 마음대로 되지 않아 모든 것을 포기하고 싶은 심정 앞에 놓이게 되었을 때 좌절하고 쓰러진다. 그 누구의 도움도 도움처럼 느껴지지 않는다. 그들이 내 처지가 아니기 때문이다. 인어 공주를 그 누구도 도와주지 못했던 것처럼, 우리를 돕지 못한다.

우리가 누군가에게 나의 상황에 대해서 이야기할 때, 내 앞에서 이야기를 듣는 사람이 내가 느끼고 받아들이는 것과 똑같이 받아들일 거라고 착각한다. 문제는 그 어려운 상황 속에 있었던 건 나였고, 내 앞에 앉아있는 사람은 그 상황에 놓여 있지 않다는 것이다. 행여 그 순간 최선을 다해서 나와 같아지려 노력하더라도 쉽게 되지 않는다. 그 사람은 내가 아니기 때문이다. 삶에 치이고 너무나 힘들 때, 친구에게 "나 요즘 너무 힘들어"라고 말하면 대부분은 "그래, 힘들지"라는 대답이 돌아온다. 하지만 안타깝게도 마음속에선 "야! 안 힘든 사람이 어딨냐? 다 힘들지!"가 숨어 있기도 하고, 아니면 그 마음이 겉으로 나오기도 한다. 아플 때도 마찬가지다. 나는 이미 약을 먹었고 병원도 다녀왔지만, 전화를 걸어 아프다고 이야기하면 "푹 쉬면 괜찮을 거야, 병원은 다녀왔어? 약 꼬박꼬박 챙겨 먹어" 등의 꽤 교과서적인 대답이 돌아온다.

내게 이런 말을 해주는 친구나 지인들의 마음을 무시하는 것이 아니다. 사실 그 말 말고 다른 할 말도 없긴 하다. 하지만 때론 그 말이 내가 얼마나 아픈지 이해하고 있다는 생각은 들지 않는다. 버튼을 누르면 나올 것 같은 대답. 그래서 나는 어느 순간부터 진짜 내 힘듦을, 슬픔을, 아픔을 아는 건 나밖에 없다는 생각을 하기 시작했다. "나 요즘 너무 힘들어"라는 말을 하기 싫었다. 해도 알아줄 것 같지 않았기 때문이다. 당연히, 내가 누군가의 마음을 이해한다는 것도 기만이라 생각해 함부로 위로를 건네지 않았다.

어느 날은 새벽에 심하게 배가 아팠다. 혼자 끙끙 앓았다. 결국 탈이 심하게 나서 다음 날까지 아무것도 하지 못했다. 친구와의 약속에도 나가지 못했고, 그룹으로 제출하기로 한 학교 과제도 제출하지 못했다. 친구를 다시 만난 날, 설명을 했다. 아니, 정확히는 변명을 했다. 최대한 내가 그럴 수밖에 없었다는 이야기를 강조하기 위해 포장하고 또 포장했다. 친구는 한참 내 이야길 듣고는 이렇게 말했다.

"괜찮아, 내가 너라도 그랬을 것 같아."

상대방이 내 마음을 이해하기는 힘들다. 절대로 상대방은 내가 될 수 없기 때문이다. 내가 얼마나 아픈지, 내가 얼마나 힘든지는, 우리 앞에 있는 사람이 절대 온전히 알지 못한다. 하지만 그럼에도 불구하고 우리가 우리의 삶을 누군가와 공유하는 것은 '나만 그런 거 아니지? 너라도 그랬겠지?'라는 딱 하나의 동의를 구하고 싶어서다. 누군가 진짜 힘든 사람이 당신 곁에 있다면 그 사람을 이해하지 않아도 괜찮다. 다만 '너 같은 사람은 세상에 없다, 너만 그런 거다'라는 외로움만 주지 않았으면 좋겠다.

　　인어 공주 이야기 안에선 찾을 수 없지만, 인어 공주는 어디선가 웃고 있을 거다. 왜냐하면 '내가 너라도 그랬을 것 같아'라고 마음을 가져주는 수많은 독자들이 있을 테니까. 나처럼 울었을 테니까.

　　"내가 너라도"라는 말이면 충분하다.

Epi.11

한 마디로도
감동은
가능하다

사람과 사귀는 데 과연 많은 말이 필요할까? 그 사람의 마음을 알아주는 데 오랜 대화의 시간이 필요할까? 우리의 말이 한 사람에게 위로가 된다거나 용기가 된다거나 사랑이 된다거나 아픔이 되는 데에는 그다지 많은 말이 필요하지 않다. 딱 한 마디만으로도 아주 많은 것이 전달된다.

우리는 표현의 시대에 살고 있다. 글을 쓰는 게 또 다른 직업인 나도 수많은 표현 속에서 허우적거리고, 나만의 개성 있는 표현들로 세상에 물음을 던지기도 한다. 무엇보다 1인 미디어가 자유로

워진 세상에서 우리의 말과 글은 더 소중해지고 있고, 더 예민하게 우리 곁을 떠돌아다닌다. 무심코 올려놓은 글 하나에 사람들이 반응하고, 좋아요! 하트를 누르는 일상이 익숙해진 지 얼마 되지 않았는데, 그 작은 것 하나에 우리는 즐거움을 느끼고 슬픔도 느낀다. 그런 상황에서 우리는 어디까지 솔직할 수 있을까, 얼마만큼 이야기를 풀어놓을 수 있을까 고민하며 이 글들을 연재하기 시작했다.

처음 글을 올리던 순간을 생각해보면 단 한 번의 클릭으로 내 글이 세상 사람들에게 읽힌다는 생각만으로 떨렸다. 한 가지 이야기를 쭉 풀어놓고 글자 하나하나를 떼어내서 확인하며 중간에 이야기가 다른 데로 새지는 않았는지, 내가 하고 싶은 이야기가 잘 전달되고 있는지 읽고 또 읽었다. 그러고도 불안해서 아내에게 먼저 읽어달라고 하고, 나의 시선이 아닌 당신의 시선에서 어색한 부분이나 바뀌었으면 하는 부분이 있는지 첨삭을 부탁했다. 그동안 찍어놓은 사진 중에서 글에 어울리는 컷을 골라 덧붙이고 드디어 클릭! 브런치에 내 첫 글을 업로드했다.

잠시 후 띵동! 하는 알림 소리와 함께 '리이크 잇'을 받았다는 메시지가 떴다. 아! 내가 모르는 사람이 내 글을 읽고 '좋아요!'를 눌러준 일은 신기하면서도 설레는 일이었다. 하지만 진짜 감동은 다른 데 있었다. 내 글을 읽고 자신이 느낀 것에 대해 댓글을 달아주는 독자들을 만날 때마다 '이 사람이 얼마나 내 글을 깊게 또 소중하게 읽어주었는지'가 느껴졌다. 이 사소한 글에도 마음을 다해주는 독자를 만날 때면, 그 작은 글자 속에 담겨있는 마음들이 느껴져서 '글을 더 잘 써야 되겠구나' 몇 번이나 다짐하게 된다. 그러다 나는 맨또 님과 잠만보 님을 알게 되었다. 둘은 특유의 어조로 댓글을 달아주는 분들이었다. 어느 순간부터 맨또 님과 잠만보 님의 댓글이 기다려졌다. 그냥 적는 게 아니라 정말 소중하게 읽어준 티가 났다.

"결국 너를 일으키는 것도 사람일 것이다' 이 멘트에 무너지게 만드네요."

"유일무이한 최고의 한정판!! 표현 좋네요."

"선물은 받는 사람이 아니라 주는 사람의 몫이겠죠."

"적게 산 시간은 아닌데 뚜렷이 누군가에게 선물을 한 기억이 별로 없네요."

"맘 같은 사람 없다네요. 왠지 외롭고 짠하지만 결국 혼자 나아갈 수밖에 없네요. 그러므로 파이팅입니다."

"제 마음은 저만 아니까요. 근데 얼마 전에 제 친구랑 얘기하다가 '내가 너라도 그랬을 거야'라고 말해주는데 정말 고마웠어요."

짧은 글이지만 독자들이 나에게 생각을 들려준다는 것은 즐거운 일이었다. 댓글을 읽으면서 글을 쓰는 나도 '이분도 이렇구나,

나만 그런 게 아니었구나' 위로 받았다. 사실 맨또 님이나 잠만보 님만 계신 건 아니다. 많은 분들이 딱 한두 마디로 내 글을 읽으면서 느꼈던 것들을 댓글로 달아주었다. 한 마디의 감상평을 남기기 위해 로그인을 하고, 한 글자 한 글자 적었을 그 마음이 고마웠다. 간혹 쓰인 내용들이 다음은 어떤 글을 쓸지 떠올리게도 했고, 글을 쓴다는 것 자체에 용기를 주었다. 나쁜 말을 남기는 사람은 거의 없었다. 나는 그들이 살포시 던져주는 그 한 마디에 감동했고, 감사했고, 글을 쓸 힘을 얻었다. 물론 말없이 내 글을 읽는 분들이 더 많았을 것이다. 그 또한 정말 감사하지만 가끔은 소소히 들려주는 그들의 생각과 응원은 힘들어 지쳐있는 나를 벌떡벌떡 일으켰다. 한 마디면 충분했다.

언젠가 한번 글에서 '값싼 리액션'이라는 표현을 쓴 적이 있다. 좋아요! 클릭 한 번에 목맬 필요 없다고 말했다. 나는 틀렸다. 그 작은 행동에 담겨있는 의미를 발견한다면 그건 결코 값싸지 않다. 짧다고 해서 의미 없는 것이 아니다. 적어도 아무것도 하지 않은 것은 아니니까.

가끔 엄마는 말 없는 아버지에게 말이 없다고 투정을 부린다. 그럴 때면 아버지는 "그걸 말해야 아나?" 그러신다. 엄마는 억울한 표정으로 말을 못했다. 눈치 없는 나는 꼭 끼어들어 아버지에게 면박 아닌 면박을 주었다.

"아버지, 말을 안 하는데 어떻게 알아요? 초능력자도 아닌데!"

아버지는 머쓱해하지만 익숙지 않아서인 걸 안다. 하지만 한 번씩 터지는 아버지의 짧고 굵은 리액션에 엄마는 가끔 기분이 하늘을 날아다닌다.

카카오톡에 1이 사라지고 난 다음에 아무 대답이 없으면 그렇게 답답하고 기분이 안 좋을 수가 없다. '봤다는 말 한 마디만 해주어도 좋을 텐데…'라는 생각을 자주 한다. 밀당 중이 아니라면 많은 말이 필요치 않다. 기다리고 있을 사랑하는 사람에게, 좋아하는 사람에게 딱 한 마디로도 감동을 주는 일은 가능하다.

Epi.12

사랑하면,
변화라는 마법이
일어난다

오랜 시간 동안 겹겹이 쌓여온 우리의 생각과 행동은 잘 바뀌지 않는다. 매년 다이어트를 하겠다고 결심해도 태만했던 우리는 일주일을 못 가고, 졸지 않고 열심히 공부하겠다고 마음먹어도 10분만 지나면 꾸벅꾸벅 존다. 우리의 단점이 무엇인지 알면서도 "에이! 생긴 대로 살자!"며 포기하기 일쑤다. 삶에도 생각에도 관성의 법칙이 작용하듯이, 우리의 생각은 좀처럼 잘 바뀌지 않는다. 아니, 정확히는 잘 바뀌지 못한다. 사람과 사람이 만나 가장 어려운 일은 서로에게 맞춰가며 변해가는 일이다. 나는 이 일이 참 많이 어려웠고 지금도 그 과정에서 상처받는다. 교육계에 들어와 13년을 일하고 있지만, 누군가를 교육한다는 일 그리고 누군가에게 교육받는 일이 여전히 어렵고 낯설다. 나는 강의 시작 전에 항상 사람들에게 이렇게 이야기한다.

"책 한 권으로, 강의 한 번으로 우리의 인생이 바뀌지는 않습니다. 그래도 용써봅시다."

조금 찔리는 건 사실 용을 써도 사람은 잘 바뀌지 않는다는 것이다.

어느 때처럼 집에 있는데 아는 사람에게서 전화가 왔다. 시간이 되면 자신을 데리러 오란다. 잠시 후에 나는 씩씩거리는 그를 마주했다. 아내와 싸웠다는 것이다. 그는 두 번의 결혼을 했다. 첫 번째 결혼생활은 아내의 외도로 깨져 행복하지 못했다. 사람에게 상처받고 허우적거릴 때 지금의 아내를 만나 다시 사랑에 빠졌다. 문제는 자신의 상처를 스스로 해결하지 못한 채 또 다른 사랑을 시작해 계속해서 삐그덕거리는 거였다. 지금의 아내와 결혼을 결심하면서 그는 '정말 잘해야지, 이번에는 잘 지켜야지' 다짐했지만, 사랑하는 마음과는 달리 자주 싸우게 되서 힘들어하고 있었다. 다행히 그날은 다시 집으로 들어갔지만 그 후로도 꽤나 오랫동안 내게 힘들다는 말을 자주 했다.

나는 그가 왜 아내와 자주 싸울 수밖에 없는지 알고 있었다. 우

리들 사이에서도 그의 성격이 유별나기로 유명했기 때문이다. 이 사람 평소 철학은 심플하다. '나만 잘하면 된다'다. 이것만 지키면 남한테 피해줄 일도 없고, 아무 문제가 없다고 믿으며 사는 사람이었다. 소위 성공한 의사가 되기까지, 또 어릴 적부터 자신만 잘하면 모든 것이 다 괜찮다고 생각했던 거다. 하지만 주변 사람들은 이로 인해 상처를 받았다. 세상엔 나만 잘해서는 이루어지는 일들이 그렇게 많지 않기 때문이다. 또 곧은 생각 때문에 누군가 어려워하거나 힘들어하는 상황도 받아들이지 못했다. 오히려 꾸지람을 하거나 '네가 문제'라는 말로 지적질을 일삼았다. 나만 잘하면 된다는 생각은 누군가의 생각을 받아들이는 데에도 어려움이 많았고 그래서 사람들은 겉으로 보기엔 너무나 멋진 이 사람을 가까이하려 하지 않았다.

그래서일까. 그의 말수가 부쩍 적어지기 시작했다. 처음에는 사람들이 쉬쉬하는 분위기를 눈치채고 말이 없어진 것이라 생각했다. 누군가에게 말을 하기 전에 조용히 묵묵히 그가 자기 자리를 지키는 일들이 많아졌다. 말을 하지 않고 사람들의 말을 듣는 시간들이 더 많아졌고 '이렇게 해야지'라는 말보다는 그저 할 수 있다면 자신이 할 수 있는 일들을 하는 모습이 사람들을 통해서 조금씩 발견됐다. 그런 모습을 볼 때마다 사람들은 그에게 웃음을 지었고, 아주 조금씩 정말 조금씩 그가 다른 사람들 속에서 자신

의 역할을 해가며 변해 간다는 느낌이 들었다.

오랫동안 인상을 쓰며 힘들어했던 모습이 사라지고 마치 다른 사람이 내 앞에 있다는 생각이 들었다. 그래서 나는 날을 잡고 그에게 사람이 달라진 것 같다고 무슨 좋은 일이라도 있느냐고 물었다. 그는 빙그레 웃으며 이야기했다. 그날 이후 몇 주 동안 너무나 힘들어 진료도 보기 싫고 아무것도 하기가 싫어 죽상을 하고 돌아다니자, 평소 자신이 좋아하고 자신을 아끼던 사람들이 와서 한마디씩 했단다. 대부분 "넌 너무 이기적이야, 세상을 어떻게 혼자 사니?"와 같은 말이었다고 한다. 다른 사람들이 뒤에서 손가락질을 할 때도 떳떳했던 사람이 그를 아끼고 사랑하는 사람들의 말에 조금씩 흔들리기 시작한 것이다.

그는 평소에 이불 개는 걸 무척이나 싫어했다. 하지만 아내의 잔소리가 듣기 싫어서 한 번도 이불 개기를 미룬 적이 없었다. 잔소리를 듣지 않기 위해 청소부터 빨래까지 할 일을 정해놓고 힘들어도 꾹 참고 노력하는 사람이었다. 그날도 잔소리를 듣기 싫어 이불을 개고 있는데, 문득 자신이 이불 개는 모습을 보며 좋아하는 아내의 모습이 보였단다. 자신은 단순히 잔소리를 듣지 않기 위해 했는데, 그 행동을 본 아내가 너무나 좋아한다는 것을 알게 된 것이다. 그리고 그때부터 사랑하는 아내가 좋아하는 모습을 가지고 싶다는 마음이 생겼다고 했다. '나만 잘하면 된다'가 아니라

'사랑하는 사람을 위해 잘하고 싶다'가 되니 같은 행동이 다른 의미가 되어버린 것을 체험한 것이다.

　사람은 잘 바뀌지 않지만 때론 예외도 있는가 보다. 바로 사랑하는 사람들 앞에 서 있는 우리들처럼. 우리는 사랑하는 사람 앞에서 만큼은 다른 사람이고 싶어진다. 다른 사람이란 사랑하는 사람이 우리에게 원하는 모습을 보여주고 싶은 우리 자신이다. 당신이 사랑하는 그 사람이, 물론 있는 그대로의 당신을 사랑하겠지만, 그럼에도 불구하고 당신은 사랑하는 사람에게 더 좋은 사람이 되고 싶어 한다. 그리고 그러한 노력은 눈앞에 있는 사람을 더 나은 사람으로 만든다. 마법이 일어나는 것이다.

　사랑은 사람을 변하게 만든다. 그리고 나를 더 사랑하게 만든다. 용쓰고 싶어진다.

Epi.13

그래서
참 예쁘다,
너는

우리는 하루 동안 적게는 몇 명에서 많게는 수십 명을 만나게 된다. 나 또한 하루 중에 여러 사람들을 만나면서 이런저런 모습을 가지게 된다. 문제는 이렇게 사람을 많이 만나면서 내가 원하는 것을 하기보다는, 상대방이 원하는 쪽을 선택하는 경우가 훨씬 더 많아지는 것을 경험했다는 것이다. 우리는 이것을 상대방에 대한 배려라고 하는데, 이 배려가 가끔은 하루를 너무 힘들게 만들고 아무도 만나고 싶지 않다는 생각을 하게 만든다. 때로는 상대방을 위한 우리의 배려가 나에 대한 배려를 배제

하게 만들기 때문이다.

　우리는 흔히 아침에 일어나 나갈 준비를 할 때 거울을 본다. 내가 하루를 시작하는 단계에서 가장 신경 쓰이는 것은 헤어스타일을 만드는 일이다. 이게 어떤 날은 굉장히 만족할 만큼 멋지게 스타일링이 되는데 어떤 날은 거울 속에 내가 그렇게 어색해 보일 수가 없다. 안 되는 날은 안 된다. 몇 분을 씨름해도 평소 내가 원하는 머리 스타일이 나오지 않는다. 그러다 보면 문득 이런 생각이 든다.

　'나는 지금 이 짓을 나를 위해서 하는 것인가, 아님 누군가에게 보여주기 위함인가? 내가 이렇게 정성을 쏟은들 몇 명이나 내 머리 스타일에 신경을 쓸까?'

　여기서 또 하나의 문제는 거울 속에 맘에 쏙 드는 머리 스타일을 만들어도 사실은 그것은 나만 볼 수 있는 모습이고, 다른 사람들은 그 모습의 반대를 보게 된다는 것이다. 거울은 우리의 반대 모습을 비추기 때문이다. 다른 사람들은 우리가 보기에 보여주고 싶지 않은 어색한 방향을 띤 모습을 보고 있는 셈이다. 결국 아무 짝에 쓸모없는 짓을 하고 있는 건지도 모른다.

　우리는 주위의 시선에 신경 쓰는 삶을 살고 있다. 어떠한 선택이 나를 위하는 선택임과 동시에 타인의 기대에까지 부응하는 선택이길 바란다. 그래서 혼자 옷을 사러 가기보단 누굴 데려가고,

내가 보기엔 아닌 것 같은데 종업원이 "어머, 손님 너무 잘 어울리세요"라고 하면 덥석 옷을 집어온다. 그러곤 집에 와서 그 옷을 다시 입어보며 "왜 매장에서 입었을 때랑 다르지?"라고 갸우뚱하게 된다. 사실 달라진 건 없다. 다만 옆에서 "어머, 너무 잘 어울리세요"라고 말해주는 사람이 없을 뿐이다. 그렇게 우리는 나의 시선, 나의 생각보다 남의 생각, 남의 선택에 더 쉽게 휘둘리며 나의 것을 선택한다. SNS에 글을 올리고 내 사진과 내 글에 '좋아요!'라는 댓글이 달리길 기다리고 또 기다리는 이유도, 우리가 선택한 모든 상황을 누군가에게 인정받고 싶은 욕구에서 비롯된다.

나는 이 인정 욕구에 목말라 있었다. 그래서 참 힘들어했었다. 그게 아무리 훌륭하고 멋지더라도 나만의 만족으로 끝나지 못했다. 그리고 그때부터 내 자학이 시작되었다. 조금만 살이 쪄도 상대방의 시선이 의식되어 일부러 옷을 잡아당기며 뱃살을 감추었다. 학교에서 어떤 질문에 대해 답을 할 때에도 '틀리면 어쩌지, 친구들이 비웃으면 어쩌지, 이게 정답이 아니면 어쩌지'라는 마음 때문에 스트레스를 받았다. 나를 위한 순간에 나를 위한 선택을 해야 하는데, 남을 위한 순간으로 만들고 남을 위한 선택을 하고 있는 나를 발견했다. 내가 없어지는 기분이었다.

그런데 어느 날 친구 상욱이가 힘들어하는 나를 보며 말했다.

"그것도 너를 위한 선택이고 너를 위한 순간이야. 아침에 일어나 머리 손질을 하는 것도 너를 위한 일이고, 누군가 어울린다고 이야기해주는 옷을 사는 것도 너를 위한 일이고, 인정해주지 않으면 조금 슬프긴 하겠지만 그것도 너를 위한 거야. 그건 또 너를 발전시킬 테니까, 또 다른 너로….”

눈치를 보는 것이 나쁜 것은 아니다. 때로는 눈치 없는 사람이 더 미울 때가 있다. 배려라는 이름으로 스스로에게 폭력을 행사하는 것이 아니라 그것이 진짜 좋으면 그건 나를 위한 선택이 된다. 그것이 가짜가 아니면 모든 선택이 우리를 위한 진짜가 되는 것이다. 그렇게 누군가와 함께 살아가기 위해 오늘도 거울 앞에 서다가, 누군가를 배려하려고 노력하다가, 가끔 당신이 지치는 것은 당연하다. 그것이 결코 쉬운 일이 아니기 때문이다. 그 속에서 우리는 상처받아 아파하기도 하고, 웃기도 하며 서로의 존재를 확인하고 더 좋은 미래를 꿈꾸기도 한다.

우리는 내일 아침 또 누군가를 만난다. 그들과 함께하려 노력한다.

아프기도 할 테지만, 그렇게 노력하고 사는 네 모습이 참 예쁘다, 너는. 그리고 더 예뻐질 거다.

이모티콘은
소중하다

아내가 메시지를 보내왔다

아내 : 뭐해?

나 : 일하지ㅋ

아내 : 알았어.

나 : 화났어? ㅠㅠ

아내 : 아니.

얼른 아내에게 전화를 했다. 메시지를 보니 잔뜩 화가 난 것 같
아서였다. '난 오늘 잘못한 게 없는데 왜 그러는 걸까?' 결국 궁금

증을 이기지 못하고 아내에게 전화를 걸었다.

"자기야, 화났어?"

"아니, 화날 게 뭐가 있다고 화를 내?"

"아니… 메시지에서 화난 거 같아서."

"전혀 그런 거 없거든요~ 일이나 하세요~"

아내의 목소리는 밝고 경쾌했다. 전혀 화난 느낌도 없었고, 오히려 기분이 좋아 보였다. 나는 눈만 꿈뻑꿈뻑 거리면서 전화를 끊고 다시 메시지를 들여다보았다. 그런데 다시 봐도 화가 난 것 같은 느낌이었다. 한참을 들여다보고서야 아내의 메시지에 이모티콘이 없다는 것을 알아차렸다. 'ㅋㅋㅋㅋ'라던가 'ㅎㅎㅎㅎ'라던가 하다못해 '^^'라던가. 활자로 전달되는 아내의 메시지에는 그런 감정이 전혀 묻어있지 않았다. 마침표로 딱딱 끊어지는 메시지에 나는 아내가 화가 났다고 느낀 것이다.

문자는 생각보다 더 많은 생각을 하게 만들고 전혀 의도하지 않은 의도가 전달되는 경우들이 종종 있다. 사람들은 '그거 문자로 보내줘' 혹은 '이메일로 보내줘'라고 말을 하지만 막상 이메일을 보내거나 문자를 보낼 때 고민하는 일이 많아졌다. 내가 전달하고자 하는 마음을 위해 어떤 문자들을 골라 써야 할지 가끔은 참 힘들다. 그래서 나는 정말 어려운 내용을 전달해야 할 때 메시지보다는 직접 만나거나 전화를 하는 것을 선호하는 편이다. 대화라는

것은 사실, 우리가 쓰는 언어 그 자체만으로 전달되는 경우가 드물다. 비언어적 요소, 특히 감정은 우리 몸 속, 말 속 곳곳에 숨어 상대방에게 전달된다. 그렇기 때문에 말 속에서 상대방이 화가 난 건지, 기분이 좋은 건지, 언짢은 건지 파악할 수 있게 되고 우리는 거기에 맞게 대응할 수 있다. 하지만 메시지가 주를 이룬 이 세상에는 그런 비언어적 요소를 전달하기 힘들고, 그래서 우리는 주로 이모티콘을 이용한다. 조금이라도 그 불편함을 해소하기 위해서, 내가 말하고 싶은 의도를 잘 전달하기 위해서.

간단하게 기호로 시작한 이모티콘은 단순하게 웃는 것에서 이젠 다양한 감정을 전달할 수 있게 되었다. 그래서일까. 조금 더 감정 표현에 자유로워진 것은 맞는 것 같다.

나이가 들면서 주변 사람들의 부고를 자주 접하게 된다. 혹은 직접 말로 하기 힘든 일들, 어려운 일들을 메시지로 전달받거나 전달하는 경우들이 많아진다. 나는 주로 상대방의 감정을 생각해서 웃으면서 말하는 습관을 가지고 있는데 이것은 메시지에도 그대로 투영되곤 한다. 습관적으로 말끝에 'ㅋ'를 붙이거나 'ㅎ'를 붙인다. 이것을 붙이는 것만으로도 '당신과 하는 지금의 대화가 참 즐겁습니다'라는 마음을 표현할 수 있기 때문이다. 그런데 그날은 아니었다.

친구가 자전거를 타다가 사고가 났다. 십자인대가 파열되었고

얼굴이 바로 바닥과 부딪치는 바람에 심한 찰과상을 입었다. 나는 마음도 아프고 몸도 아플 친구에게 메시지를 보냈다. 멀리 있었기 때문에 직접 찾아가지 못해 미안한 마음이었고, 통화가 불편한 상황이어서 하고 싶은 말들을 하나하나 메시지에 적었다.

'힘들겠지만 잘 치료받고, 아프지 마 ㅋㅋㅋㅋ'

나는 전송을 눌러놓고서야 뒤에다 'ㅋㅋㅋㅋ'를 붙인 걸 눈치 챘다. 순간 깜짝 놀랐다. 그런 감정을 보낼 타이밍이 아니었는데, 너무나 자연스럽게 습관처럼 뒤에다가 'ㅋㅋㅋㅋ'를 붙여버린 것이다. 받는 사람 입장에서는 '놀리나?' 하는 생각이 들 수도 있고, 그 실수 하나 때문에 앞에 선 긴 문장들은 전부 부질없어져 버렸다. 말로 했으면 하지 않았을 실수를 해버린 것이다. 다행히 친구에게서 '뒤에 ㅋㅋㅋㅋ는 뭐냐, 인간아'라는 장난스런 대답이 와서 바로 사과했지만, 상대가 조금만 덜 친한 사이였다면 상당한 오해를 불러일으킬 뻔했다. 이뿐만이 아니다. 일을 하다 보면 일적으로 많은 사람들을 만나게 된다. 그리고 여러 가지 정보들을 주고받기에 상당히 많은 이메일과 메시지를 주고받아야 한다. 비교적 메시지는 부드러운 분위기라 얼마든지 이모티콘을 써도 되지만 이메일은 불편하다. 그걸 극복하려고 중요한 내용들이긴 했지만, 너무 딱딱하게 쓰는 게 불편해서 이모티콘을 간간히 섞었다가 혼난 적이 있다. 나는 일을 하는 긍정적인 마음을 보여주고 싶었던 건데, 상대방 입장에선 장난처럼 느껴졌나 보다. 분명 얼굴을 보고 이야기했어도 난 웃으면서 이야기했을 텐데 말이다. 사실은 활자 즉 문자 그대로였기 때문에, 우리가 보고 싶은 방식으로 봐서 이런 일들이 벌어지는 것이다.

그럼에도 이모티콘은 꼭 필요하다. 언어를 만든 위대함만큼이나 순간에 감정을 전달할 수 있는 이모티콘 덕분에 그나마 우리는 문자 속에 전달되는 여러 가지 오해를 해소할 수 있다고 믿기 때문이다. 상대방이 보내는 메시지가 마침표로 끝나 버릴 때, 나는 마치 그 사람이 무표정으로 나에게 어떤 이야기를 하고 있다는 기분이 든다. 무조건적인 남용은 분명 또 다른 오해를 불러일으키겠지만, 문자로만 전달되는 수많은 의사전달에서 적절한 이모티콘의 사용은 때로 우리의 감정을 전달할 수 있는 유일한 도구가 되고, 때에 맞게 상대방에 맞게 잘 사용되었을 때 우리는 조금 더 진지하게, 조금 더 예쁘게 우리의 의미를 전달할 수 있다. 섬세한 이모티콘은 상대방을 위한 배려다. 그래서 이모티콘은 소중하다.

Epi.15

모두에게
사랑받을 수
없다

나에 대한 아버지와 어머니의 사랑은 커다랗고 따뜻했지만 직접적이지 않았다. 아버진 묵묵한 사랑의 대표주자였고, 어머니는 그 사랑을 나에 대한 기대로 가지고 계셨다. 동생과 나는 서로에 대한 애정을 잘 느끼지 못했던 어릴 적에는 꼭 붙어 지냈고, 서로의 존재의 가치가 너무나 커졌을 때는 동생의 유학으로 멀리 떨어져 지냈다. 지금 생각해보면 우리 가족은 모두 외로웠다. 아버지는 아버지대로, 어머니는 어머니대로 나는 나대로, 동생은 동생대로. 그러다 보니 서로가 서로를 사랑한다는 가치를 증명하는 순간을 맞이하기 힘들었고, 온 가족이 둘러 앉아 식사하는 일도, 일 년에 손에 꼽을 정도였다. 서로에게 사랑한다는 말도 시간이 한참 지나서야 자연스러웠다. 그렇게 누군가를 찾는 일이 빈번해지면서 나는 스스로를 애정결핍이라 생각하고 살았다. 사실은 지금도 나는 나를 애정결핍이라 진단한다. 누군가의 사랑이 늘 부족하다고 느끼고, 늘 사랑받고 싶다는 생각을 하기 때문이다. 이래도 사랑받고, 저래도 사랑받고 싶다. 꽤 오랫동안 누군가를 교육하고 교육받는 것에 익숙해지면서 나를 바라보는 시선에 자유롭지 못했고, 강단에 올라설 때마다 나를 바라보는 모든 눈들이 두렵기도 했다. 어떤 날은 사람들로 인해 행복했고, 또 다른 날은 사람들로 인해 불행했다. 그리고 아주 쉽게 외로워했다. 누군가 '세상은 어차피 혼자 살아가는 거야!'라고 말할지 모르지만, 세상에 혼자되는 일은 그렇게 많지 않다. 특히나 세상에서 하루를 전투처럼 살아내는 우리들은, 함께하기 때문에 사랑받고 싶은 역설에 휘둘리게 된다.

주목받고 싶다는 것은 사랑받고 싶다는 또 다른 표현이다. 학창시절 줄곧 나는 반장이 되고 싶었다. 아이들에게 인정받고 싶었고 대표하는 사람이 되고 싶었다. 초등학생 때 내 별명은 '괴짜'였다. 하지만 초등학교 시절 내내 나는 내 별명이 괴짜인 줄 몰랐다. 누구도 나를 대놓고 괴짜라고 부르지 않았기 때문이다.

운동회가 열린 날, 반장으로서 아이들 맨 앞에 서서 밤새 짜온 응원을 열심히 진행했다. 율동도 만들고 반가도 만들어 목이 터져라 외치고 또 외쳤다. 마지막 경기였던 축구에서 우리 반은 결승전에 올라갔고 나는 있는 힘껏 응원했다. 전반전이 끝나고 선수들이 잠시 휴식을 취하러 들어오는 타이밍에 선수들을 위한 음료수가 준비되었다. 마침 나도 목이 말라 그중 페트병 하나를 붙잡고 벌컥벌컥 마시고 있는데 축구를 한 어떤 녀석이 내게 다짜고짜 욕을 하며 "네가 뭘 했다고 지금 그걸 마시고 있는 거냐?"라고 말했다. 갑자기 울컥했다. "그래, 나는 나가서 골을 넣지도, 골을 막지도 않지만 너희들을 위해 이렇게 응원하고 있잖아!"라며 따지고 싶었다. 내가 얼마나 열심히 했는데, 너희들을 위해 얼마나 외쳐댔는데…. 서러움이 몰려왔다. 눈물이 핑 돌았다. 그런 서러움을 느끼고 싶지 않아서 나는 사랑받으려 애쓰며 나대고 나섰다. 하지만 그때는 아무 말 못했다. 생각해보면 그날의 응원은 친구들을 위한 게 아니라, 사랑받고 인정받고 싶은 나를 위한 응원이 아니었을까 싶다.

사람은 주관적이다. 그래서 모두에게 사랑받을 수 없다. 주관적이라는 것은 결국, 인정도 사랑도 그 사람의 개인적인 생각이라는 것이다. 누군가 나를 싫어한다고 해서 다른 사람들까지 나를 싫어할 가능성은 반드시 100%는 아닌 것이다. 운동회 날, 나에게

면박을 준 친구도 있지만 아무 말 없이 수고했다며 내 등을 두드려준 친구들도 있다. 단지 나를 인정하지 않는 그 친구에 대한 기억이 강할 뿐, 모두에게 의미 없는 행동을 한 것은 아니었던 것이다. 우리는 한 가지 일을 놓고 천 명이 천 가지의 생각을 할 수 있는 세상에 살아가고 있다. 나에겐 아주 큰 일이 상대방에겐 아주 작은 일이 되기도 한다. 그 반대도 마찬가지다.

큰마음을 먹고 뺀 내 콤플렉스였던 얼굴의 점들을 아무도 알아차리지 못한다. 또 오히려 "어! 그 점 매력 포인트였는데…" 하는 친구들도 있다. 아무리 멋진 기획안을 가지고 가도, 과장님에겐 아이들 장난일 뿐이다. 내 눈에는 죽어도 보이지 않았던 지적받을 만한 요소들이 군데군데 산재해 있다. 그렇게 나는 주관적인 사람들의 시선으로 인해 기죽고, 슬퍼하고, 아파하고, 괴로워한다. 그 순간만 지나가면 또 아무것도 아닌데 때로는 목놓아 울기도 하고 "사랑받지 못했다, 인정받지 못했다"며 아파한다.

객관적인 의견이라는 건 애초에 존재하지 않는 게 아닐까. 누군가에겐 잡담이 누군가에겐 아이디어가 된다. 그러니까 우리는 덜 슬퍼해도 된다. 인정받지 못하는, 사랑받지 못하는 그 순간이 결코 객관적이지 않기 때문이다. 사람은 모두 주관적이기에 오히려 우리는, 아직 사랑받을 수 있는 여지가 너무나 많다. 그리고 알고 있다. 우리는 언제나 사랑받을 수 있는 충분한 가치를 가지고 있고 거기다 또 노력하고 있다는 것을.

　나는 못난 부분이 많다. 분명 키는 180cm인데 아무도 그 키로 봐주지 않는다. 머리에 있는 가마는 모서리에 있어서 자고 일어나면 새집이 두 군데는 기본이다. 밥은 늘 빨리 먹어버려서 앞에 있는 사람을 곤란하게 하고, 은근한 잘난 척도 재수 없다. 나의 지식은 깊이가 없어 별명이 '습자지'고, 무엇인가에 빠지면 정신 못 차리며 앞도 뒤도 없이 툭툭 질러댄다. 하지만 누군가에게는 180cm의 큰 귀여운 곰이 되기도 하고, 모서리에 붙은 가마 덕에 지금의 멋진 헤어스타일을 디자이너가 만들어줬으며, 밥은 빨리 먹지만 그래서 다른 일을 더 할 수 있지 않느냐고 한다. 잘난 척이 아니라 자신감으로 봐주고, 깊이는 없지만 넓은 지식을 가졌으며 빠지면 정신없지만 결국 집중력이 높다는 뜻이기도 하고, 앞도 뒤도 없지만 곧잘 진취적이라는 소리를 누군가에게서 듣는다. 내가 이렇듯 우리의 모습은 다양하게 비춰지고 다양하게 비춰지는 만큼 다양한 시선을 받게 된다. 그 안에는 나를 사랑하는 시선도, 아니꼬운 시선도 존재한다. 그러니 너무 상처받지 않아도 된다.

　모두에게 사랑받지 않아도 괜찮다. 모두가 사랑하지 않아도, 당신은 분명 사랑받고 있다.

　모두에게는 아니지만, 누군가에게는 반드시.

Epi.16

멈추는 것도
용기다

        친구가 갑자기 문자로 내 안부를 물어왔다.
그런데 꼭 자신의 안부를 물어봐달라는 것 같았다. 텍스트 자체
에서 이상한 느낌이 감지돼 바로 전화를 걸었다. 목소리가 축축했
다. 한참을 울었던 모양이었다. 내가 울었느냐고 물었지만 누가
들어도 양껏 운 목소리로 울지 않았단다. 화제를 돌려 뭐하느냐고
물었더니 카레를 먹고 있다고 했다. 우는 목소리로 카레를 해 먹
진 않았을 테고 나는 "3분 카레?"라고 물었고 그는 축축한 목소리
로 웃었다. 어쩐지 예감이 안 좋아 확인 도장을 받는 질문을 했다.

"햇반이랑?"

친구는 날 귀신 취급했다. 그런데 나는 안다. 울고 싶은 날에는 라면이나 삼각김밥, 3분 카레, 햇반이 당긴다. 나도 나의 힘듦을, 나의 초라함을, 나의 아픔을, 혼자 삭이는 방법으로 자주 쓰곤 했다. 화려한 식탁은 날 더 초라하게 만들기 때문이다. 그날 친구는 고장이 나 있었다.

친구는 사람 때문에 아파했다. 자신의 위치가 어디인지 헷갈려 했고, 제 역할을 찾아가는 데 어려움을 겪고 있었다. 그러는 와중에 사람에 치이고 상처받고, 결국 모든 걸 내려놓고 싶어졌던 것이다. 처음에는 그런 친구에게 "왜 그러냐. 힘내라"라는 어쭙잖은 위로를 했지만 끝내는 "그래, 이제 좀 멈춰도 괜찮아. 너무 힘들면 쉬어가도 괜찮아"라고 이야기했다. 하지 말아야 될 이야기라고 생각했는데 친구는 그 말이 가장 듣고 싶었단다. 세상 모두가 친구에게 "너만 힘든 거 아니다. 버텨라"라고 이야기해서 더 이상 아무 이야기도 하고 싶지 않은 상태에 이른 것이다. 그런데 나는 안다. '계속 버티다가는 너도 나도 모두 맛 간다'는 것을. 사람은 사람으로 치유한다 하지만 가끔은 아무도 안 만나는 것이 위로가 되기도 한다.

어른들은 곧잘 이렇게 이야기한다.

"요즘 애들은 나약해, 버티질 못해, 철이 없어."

나는 그 말에 동의하지 못했다. 나약한 것이 아니라 실제로 각자 아픔의 크기가 상대적이라 다른 것이라 생각했다. 그 사람처럼 아프지 않으면, 힘들지 않으면, 보이지 않는 그 사람만의 세상을 감히 이렇다 저렇다 말하는 건 아니라고 생각했다. 그 누가 인정하지 않아도, 우리는 보이지 않는 사투를 끊임없이 해오고 있다. 다만 누군가는 100m에서 쓰러지기도 하고 누군가는 1km에서 쓰러지기도 할 뿐, 누가 더 힘들고 누가 덜 힘든 문제는 아니라고 생각했다.

사회생활을 하면서 가장 듣기 싫었던 말은 "야, 왕년에 내가 너만 할 때는 밤을 이틀이나 새우고도 끄떡없었어"였다. 대답은 했지만, 속으론 비웃었다. 왕년은 왕년일 뿐 결국 지금은 못한다는 이야기다. 한 번은 어떻게 버티겠지만 두세 번 하면 사람은 결국 쓰러진다. 이처럼 우리는 어느 순간 관계에서도, 뭔가를 이루어가는 부분에서도 '참는 것이 미덕, 견디는 것만이 방법' 버텨내야만 얻을 수 있다고 주입받는다. 그 고통은 누구나 받는 거라 우리 모두에게 너무 자연스러워져 버렸다. 힘들어 울면 더 이상한 사람이 되고 나약한 사람이 되어버렸다.

교육 컨설팅 일을 하게 되면서 나는 많은 사람들을 만나게 된다. 교육으로 사람을 변화시킨다는 것의 가장 기본은, 변화시키려는 주체가 변화해야 할 사람들의 마음을 얻는 것이다. 원하는 방

향으로 생각과 행동을 끌고 가려면, 상대방의 마음을 읽고 장애물이 되는 것들을 피하면서 변화하기 싫은 사람들의 마음을 어루만져 주어야 한다. 그때 내 마음이란 존재하지 않는다. 나는 없고 상대방만 바라보는 것이 교육 컨설팅 일이다. 나는 교육 관련 일을 하면서 많은 것을 아는 것이 중요하다고 생각했는데, 사실 그것보다 더 중요한 것은 사람들의 마음을 감당해내는 것이었다. 오롯이 그 수많은 감정에 나를 노출시키고 있을 때 몸이 안 좋아도 웃어야 했고, 슬픈 일이 있어도 상대방의 즐거움에 맞춰야 했다. 그리고 결국 고장 나기 시작했다. 처음엔 몸이 먼저 아팠고, 그다음엔 의욕이 사라지면서 사람이 싫어지기 시작했다. 나는 없고 상대만 있는 세상이 무서워지기 시작한 것이다. 나약한 내가 되기 싫어 버티고 견뎠다. 그런데 얼마 가지 않아 깨달았다. 그렇게 버티고 있는 내가 결국 나약해서라는 것을. 무언가 잃을까, 다른 사람들에게 안 좋게 비춰질까 두려워 나를 붙잡고 있다는 것을. 그것이 진짜 내 나약함이었다.

그 친구는 이제 잠시 멈추기로 결정을 한 듯했다. 나는 친구를 응원했다. 곧 그의 강인함이 승전보로 들려올 거라는 예감도 들었다.

우리는 오늘도 사람들 사이에서 수많은 전투를 치른다. 늘 그런 것은 아니지만, 관계 속에서 서로를 헐뜯기도 하고, 시기하고,

폄하하고, 상처도 준다. 그러나 버틸 수 있는 만큼 버텨라! 노력을 하지 않으면 안 된다. 다만 당신이 버틸 수 있을 때까지만. 스스로를 넘어선 고통을 감내하고 버텨내려고 하면, 달콤한 대가가 반드시 주어지기도 하겠지만, 반대급부로 쓰라린 경험 또한 오게 될 것이다. 삶은 돋보기로 들여다보기엔 너무나 크고 장엄하다. 때로는 조금 멀리 서서 바라보는 것이 방법이 된다. 너무 아프고 괴로울 땐 멈춰도 괜찮다.

고속으로 달리라고 만들어 놓은 고속도로 최고의 묘미는 사실 휴게소다. 서울에서 부산 방향으로 총 17개의 휴게소가 우리에게 이렇게 말하고 있다.

"힘들고 지칠 땐 쉬었다 가세요."

누구와 함께하는 관계의 고속도로에서도 늘 함께하는 것도 행복하지만, 그 사이에 텀을 주는 것이 좋을 때도 있다. 우리는 그때 그리움과 애틋함을 시시각각 가지게 된다.

당신의 고속도로에는 몇 개의 휴게소가 있는지 생각해보자. 우리는 우리 인생에서 몇 번이나 내려서 핫바를 먹고, 우동을 먹고, 맥반석 오징어를 먹을 기회를 주는가를 생각해보면 멈추는 것도 방법이다. 그리고 여기엔 우리의 용기가 필요하다.

〈사랑과 전쟁〉이라는 TV프로그램에서 신구 선생님도 예전에 우리에게 말했다.

"4주 후에 봅시다."

이 말을 통해 이혼을 결심한 부부에게 서로를 이해할 수 있는 시간을 준다. 누군가는 더 이상 필요 없다고 생각하는 이 시간이 그동안 몰랐던 서로를 발견하는 시간이 되기도 한다. 모두에게 쉬어가는 순간이 주어지더라도 어떻게 받아들이냐에 따라 달라진다. 그리고 그 시간을 프로그램의 제목처럼 사랑과 전쟁에서 전쟁만이 아니라, 상대방을 그토록 사랑했던 순간을 떠올려 보는 4주가 된다면 그 4주 뒤에는 많은 것이 바뀌기도 한다.

Epi.17

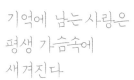
기억에 남는 사랑은
평생 가슴속에
새겨진다

　　　　　　　하얀 와이셔츠, 잘 다려진 양복, 정갈한 검
은색 구두, 쥐색 중절모, 앙다문 입술, 의지가 느껴지는 눈빛… 그
게 내 기억 속에 나의 할아버지다. 내 아버지에겐 엄격한 아버지
였고, 고모들에겐 무서운 아버지였지만, 내게는 한없이 따스했다.
가끔 할아버지 댁에서 놀다가 집에 가려고 하면 "우리 손주 돈 한
개 줄게"하면서 내 손에 꼭 쥐어주시곤 했다. 20살이 되어 처음 운
전면허를 따고 도로연수를 받을 때, 어느새 커버린 손주의 모습을
보면서 혹시나 하는 마음에 조수석에 앉아, 사이드 브레이크를 꽉

붙잡고 있던 할아버지의 모습. 아무리 기억을 헤집고 헤집어도 좋은 기억만 떠오른다. 아직도 어디선가 나를 보고 있을 것 같은, 그저 기대 없이, 편견 없이 '사랑' 하나로만 나를 봐주던 분이 나의 할아버지셨다.

빗에 기름을 발라 곱게 넘긴 머리, 세월이 흘러도 변하지 않는 비녀, 좋은 솜씨로 직접 지어 입으신 한복, 책상에 앉아 늘 글씨를 쓰시며 손주가 놀러오면 그걸 하나부터 열까지 다 읽어주시던 나의 할머니. 어릴 적 할머니 손에 자랐고, 나만 보면 '요만했던 우리 손주가 이렇게 컸나' 하며 반겨주시는 분. 지금도 가면 떠나보낼 때 세상 어떤 사람보다 아쉬워하고 슬퍼해주시는 분. 나의 결혼식에 곱게 차려 입으시고 맨 앞자리에 앉아, 손주를 묵묵히 바라보시다가 눈물을 흘리시며 힘겹게 일어나 나와 아내를 꼭 안아주시던 할머니. 그러고는 '소중하고 귀하다'며 나지막이 속삭여 주시는 나의 할머니. 할머니가 아쉬워하는 걸 알면서도 금방 자리에서 일어서야 하고, 존재만으로도 즐거움을 드릴 수 있는데 그것조차 제대로 해드리지 못해 마음이 늘 무겁고 죄송하지만, 그럼에도 손주라는 이유 하나만으로 찾아갈 때마다 두 팔 벌려 안아주는 분이 바로 나의 할머니다.

시간이 지난다고 이 사랑이 잊힐까. 어느 날 갑자기 내 곁을 떠나버린 나의 할아버지가 내 기억에서 지워지는 날이 올까? 그렇게 기억 속에서나마 아로새겨져 살아가는 사람들은 내게도 있고 당신에게도 있다. 사람과 함께한 시간이 추억이 되고, 때로는 아련한 슬픔으로, 찾지 못할 행복으로 지금의 우리와 함께 살아간다. 평생 간직하고 살아가는 사랑이 우리 모두에게 있다.

강의 때 사람들과 함께하는 '정서놀이'라는 게 있다. 이 게임은 바로 가슴에 새겨진 사랑을 찾아 떠나는 간단한 여정이다. 진행은 간단하다. 잔잔한 음악을 깔아놓고, 사람들에게 총 8개의 종이를 나눠준다. 그리고 나는 사람들에게 부탁한다.

"여러분들이 가지고 있는 8장의 종이에 당신의 인생에서 가장 소중한 여덟 가지를 적어주세요. 단, 조건이 있습니다. 거기에는 자신의 이름, 사랑하는 사람의 이름, 자녀가 있다면 자녀의 이름, 부모님의 이름을 꼭 적어주세요. 그리고 나머지는 친구나 혹은 물건 등 소중한 것을 적으시면 됩니다."

그리고는 사람들이 종이를 채워갈 때쯤 큰 유람선의 사진을 보여주며 나지막이 읊조린다.

"여러분은 지금 멀리 배를 타고 바다를 여행하는 중이었습니다. 그런데 갑자기 커다란 폭풍우가 몰려와 비바람이 몰아치기 시작했습니다. 여러분들이 타고 있는 배는 순식간에 아수라장이 되었고, 배는 크게 흔들리다 결국 바다로 가라앉기 시작했습니다. 그때 여러분들은 다행히 운이 좋아 여러분들이 종이에 쓴 소중한

사람 혹은 물건과 함께 구명보트로 탈출할 수 있었습니다. 그런데 여러분이 타고 있던 구명보트가 인원 초과로 조금씩 가라앉기 시작했습니다. 여러분들은 힘들겠지만 점점 가라앉은 구명보트에서 누군가를 살리기 위해 선택해야 할 시간입니다. 차례대로 한 장씩 소중한 사람이나 물건이 적힌 종이 3장을 책상 위로 내려놔 주세요. 바다로 보내야 합니다."

사람들은 3장의 종이는 의외로 쉽게 버린다. 웅성웅성 대고 웃기도 하면서, 서로 무엇을 버릴 거냐며 농담조로 대화를 건네기도 하면서 다소 가볍게 3장을 바다로 보낸다. 나는 잠시 후에 집중을 요구하며 다시 사람들을 향해 나지막이 읊조린다.

"비바람은 그칠 생각을 하지 않습니다. 사방은 칠흑같이 어둡고 비바람 소리와 사람들의 아우성이 들려옵니다. 사람들은 겁에 질린 채로 언제 뒤집힐지 모르는 구명보트에 바싹 엎드린 채 추위에 떨고 있습니다. 하지만 파도는 오히려 구명보트를 집어삼킬 듯이 더욱 거세집니다. 다시 가라앉는 구명보트에서 누군가를 살리기 위해 선택해야 할 시간입니다. 다시 한 번 보트에서 버릴 물건이나 보내야 할 사람을 선택해 주세요."

사람들은 갑자기 조용해진다. 이제는 남아있는 5장의 종이에 자신에게 너무나 소중한 사람들의 이름이 적혀있기 때문이다. 누구를 보내야 할지 갈등한다. 쉽게 손에서 놓아지지도 않고, 놓을 수도 없다. 나는 고민하는 사람들 앞에서 세 장의 종이를 더 버려야 한다고 말한다. 사람들이 종이를 내려놓을 때까지, 단 두 장의 종이만이 손에 들려있을 때까지 강요하고 또 강요한다. 비바람이 치고 죽음이 눈앞에 와 있는 상황에서 누군가를 선택해야 하는 상황에 빠진 사람들은 당황하고 힘들어한다. 못 내려 놓고 종이를 한참 동안 내려다보다 힘겹게 한 장씩 내려놓는다. 마치 소중한 사람들을 정말 바다로 떠나보내는 것처럼. 그때 나는 다시 사람들에게 말한다.

"보트에 남겨진 사람들의 울음소리가 파도소리에 묻힙니다. 이제 여러분들에게 정말 소중한 두 가지만 남아있습니다. 심장에 두 장의 쪽지를 대고 눈을 감아보세요. 그리고 다시 한 번 생각해 봅니다. 남은 한 장의 가장 소중한 것을 위해 모든 것을 포기할 수 있는지 그만큼 중요한 것인지. 결국 구명보트가 뒤집혀 버렸습니다. 이제 한 손으로는 물에 떠오른 물체를 붙잡고 힘겹게 버티고 있고, 다른 한 손에는 자신에게 있어서 소중한 두 가지를 쥐고 있지만 힘이 빠집니다. 이제 둘 중 하나를 버려야 합니다. 자, 이제 한 장의 종이만 손에 잡고 나머지 한 장은 버리세요."

두 장을 붙잡고 사람들은 울기 시작한다. 누구도 놓고 싶지 않고, 내 손에 붙들려 있는 그 사람들을 너무나 사랑하기 때문이다. 어느 한쪽이 더 소중하다 할 수 없을 정도로, 자신의 모든 것을 내

어줘도 될 만큼 아끼고 사랑하는 사람이기 때문에 그들은 내려놓지 못한다. 그리고 힘겹게 한 장을 가지고 한 장을 내려 놓을 때 사람들은 더욱 흐느낀다. 소리 내어 엉엉 우는 사람도 있고, 숨죽여 꺽꺽 우는 사람들도 있다. 그리고 그때 나는 또 말한다.

"자, 이제 마지막 남은 한 장의 종이를 보세요. 그 사람이 아마 여러분에게 가장 소중한 사람일 것입니다. 어제 그 사람에게 어떻게 행동하셨나요? 오늘 아침에는 어떤 말을 했고, 또 무엇을 강요했습니까? 그 사람을 위해 해준 것은 무엇인가요? 그것이 그 사람이 진정 원하던 것이었나요? 우리가 소중한 사람에게 주어야 할 것은 무엇일까요? 소중한 사람은 존재만으로 의미 있습니다. 우리 기억에 새겨져 우리가 죽는 그 순간까지 그 사람들과 함께할 것이기 때문이니까요. 우리 모두에게 그런 사람이 있는 겁니다. 저에게도 여러분에게도."

사람들은 조용해진다. 마지막까지 손에 쥔 한 장의 종이를 뚫어져라 쳐다본다. 지금까지 마치 내가 이 사람을 이렇게 사랑했는지 몰랐던 것처럼 놀란다. 사실 이 게임은 요즘 초등학교에서 아이들을 대상으로 진행되는 정서놀이다. 아이들은 마지막에 엄마와 형제자매를 붙잡고 목 놓아 운다. 꼭 버려야 하냐며 선생님에게 매달려 운다. 아이들은 결국 그 고사리 같은 손에 엄마를 꼭 붙잡고 운다. 아무것도 모를 것 같은 아이들에게도 가슴속에 새겨진 소중한 사람이 있는 것이다.

지금 내 옆에 있느냐 없느냐가 중요한 게 아니다. 그렇게 소중한 사람은 물리적인 한계를 뛰어넘는다. 기억 속에, 생각 속에 우리와 늘 함께 살아간다. 물론 언젠가 내 곁을 떠날 소중한 사람들을 생각하면 눈물부터 나지만, 그래도 나는 그런 기억 속에 남는 사랑이 나를 일으키고 나를 웃게 하고, 나를 살아가게 만든다고 생각한다. 내게 할아버지와 할머니를 포함한 더 많은 사람이 있듯이, 모두에게 있는 그 한 사람이 아니, 꽤 많은 사람이 우리에게 있다.

말하지 않아도, 우리가 얼마나 행복한지 나는 지금 말하고 있는 것이다. 우리의 기억에 남는 사랑은 평생 가슴속에 새겨져 함께하기 때문에 당신이 행복하다고 말하고 있는 것이다.

Epi.18

"밥 먹을래요?"라는
말이 고맙다

가끔 "아들, 밥 먹자"라는 말이 그리울 때가
있다. 따뜻한 국 한 그릇, 뚝딱 지은 밥 한 그릇, 나를 생각하며 만
들어놓으신 엄마의 반찬들…. 조금은 짜고, 맵고, 싱거워도 난 늘
엄마에게 이렇게 이야기했다.

"엄마, 왜 이렇게 맛있어? 역시 엄마가 한 밥이 최고야."

그러고는 금세 밥 한 그릇을 비워버리곤 했다. 학교에서 집으
로 돌아왔을 때, 친구들과 놀러 갔다 왔을 때 그리고 집에서 빈둥
거리다가도 "아들, 밥 먹자!" 한마디면 냉큼 식탁으로 뛰어가곤 했

다. 그리고 나는 그 시간들이 참 좋았던 것 같다. 싱거워도 짜도, 때론 진짜 맛이 없어도 그때가 좋았다. 왜냐하면 엄마랑 아버지랑 동생이랑 함께하는 그 시간이, 그리고 된장찌개, 김치찌개에 서로의 숟가락을 푹푹 묻어가며 떠먹던 그 공유가 그 순간에 있었기 때문이다. 그때 나는 아버지께 참 많은 조언을 들었고 엄마의 이런저런 이야기를 들어드렸으며, 동생과 나는 시시콜콜 별거 없는 이야기를 재잘거렸다. 그 어떤 때보다 가족이라는 것을 느낄 수 있는 순간이었다. 하나가 되는 기분이랄까?

　많은 사람들을 만나면서 깨달은 것이 있다. 사람과 사람이 만나 관계를 이루려면 완벽하게 두 가지가 투자되어야 한다는 것이다. 그건 바로 '시간과 물질'이다. '나는 누구누구를 좋아해. 나는 누구랑 친해. 나는 누구랑 어때'라는 말에는 항상 '나는 그 사람과 함께 시간을 보냈어. 나는 그 사람과 어떤 물질을 나눴어'라는 말이 전제된다. 시간은 말 그대로 얼마나 그 사람과 함께 많은 시간을 보냈느냐. 아니면 짧은 시간을 보냈지만 얼마나 농도가 진했느냐에 달려있다. 그리고 우리는 그 시간 속에서 늘 물질을 나눈다. 그건 때로는 영화가 되기도 하고, 밥이 되기도 하고, 너무나 흔하게 보이는 커피숍의 커피가 되기도 한다. 스트레스 받을 때 같이 피우는 담배가 더 맛있고, 힘들어 함께 마시는 술이 그렇게 꿀떡꿀떡 잘 넘어간다. 그리고 그렇게 누군가와 무엇인가를 나누면

서 시간을 함께 보낼 때 관계가 형성된다. 우리는 그 사람들을 친구, 연인, 동료, 남편, 아내, 아들, 딸, 아버지, 어머니 등으로 부른다. 우리가 누군가에게 의미 있어지는 순간이다.

요즘은 혼자인 시간이 많아졌다. 예전엔 잘 보이지 않던 1인 식탁이 늘어나고 있고, 시간을 할애하지 못하는 사람들을 위해 편의점에는 전에 없던 삼각김밥이 멋진 자리를 잡은 지 오래다. 세상엔 시간이 너무나 아까운 듯 패스트푸드가 넘쳐나고, 함께 시간을 그리고 어떤 물질을 나눌 수 있는 여건이 조금씩 사라지고 있다. 엄마가 만든 밥 한 공기, 국 한 그릇 그 짜던 반찬들과의 식사도 일 년에 한두 번, 오랜 시간을 함께 보냈던 친구들과 만나 밥을 먹는 것도 일 년에 한두 번, 심지어 매일 밥을 같이 먹는 사람과는 더치페이를 한다. 너는 네 밥, 나는 내 밥. 물질과 시간은 여전히 거기에 있는데 앞에 있는 사람과, 옆에 있는 사람과 나누지 못하는 때가 많아지고 있다.

내가 가르쳤던 녀석 중 현지라는 아이에게서 전화가 왔다. 대학교 3학년인데 여전히 사람에게 다가가는 게 무섭다는 이야길 꽤나 오랫동안 했다. 좋아하는 남자가 생겼는데 이야길 시켜보지도 못하고 끙끙거리고 있었다. 사실 현지는 어렸을 적 얼굴에 3도 화상을 입어, 자기 얼굴을 보여주는 것에 대한 두려움이 많은 친구였다. 사람들이 전부 자신의 화상 흉터만 보는 듯한 느낌이 든

다고 했다. 그 화상 자국은 얼굴에 있긴 하지만, 손톱만 한 크기였고 그마저도 턱선에 있는 터라 잘 보이지 않았다. 그 녀석을 가르치면서도 흉터가 눈에 띄지 않아서 한참이 지나서야 발견했는데 현지는 그 상처가 굉장히 크게 느껴지는 모양이었다. 나는 차분하게 이야기했다.

"그 흉터 때문에 너를 싫어하는 녀석이라면 만날 필요도 없어. 그런데 현지야, 네가 감추고 싶은 건 흉터인데, 내가 보기에 진짜로 감춰지는 건 너의 매력들인 것 같다. 좋아하는 사람이 있으면 가서 시원하게 한마디 해. 밥 산다고! 시작은 그렇게만 해도 충분해."

얼마 후 현지는 정말 용기를 냈던 모양이다. 그냥 가서 "밥 먹을래요?"라고 말을 건넸고, 쉽사리 밥을 먹으러 갔단다. 모두가 알다시피, 남녀관계는 절대 밥으로만 끝나지 않는다. 영화도 보고 커피도 마시고 시간과 물질을 공유하게 된다. 그리고 그렇게 관계가 형성되고 서로에게 의미 있는 사람이 된다.

"야! 언제 시간 되면 밥 한번 먹자! 라는 말이 반갑다. 순간 인사치레라도 너와 시간을, 물질을 나누고 함께하고 싶다는 작은 의지의 표현이니까. 우리 모두는 어느새 관계에 지쳐있고 새로운 사람을 만나길 두려워한다. 사랑을 하다가 사랑을 잃은 사람은 다시 사랑하기를 두려워한다. 회사생활에서 만난 직장 동료, 선후배에게 상처받은 우리는 눈치를 많이 보기 시작한다. 그리고 힘들어한다. 관계가 어려워도 너무 어려워지고 있다. 그 사람들과 함께하고 있지만 그건 공간일 뿐, 우리의 시간, 우리의 물질은 아닌 것이다. 그래서 나는 어려운 사람이 생기면, 미운 사람이 생기면 혹은 좋아하는 사람이 생기면 용기 내서 말한다.

"어떻게, 밥 먹을래요?"

나는 밥 한번 먹자는 말보다 이 말을 좋아한다.

Epi.19
우리의
내일은
당연하지 않다

아침에 일어나면 우리는 곁에 있는 가장 가까운 사람을 만난다. 가끔 그 사람에게 "잘 잤어?"라는 말이 낯설다. 집을 나서서 우리가 속한 다른 곳으로 향할 때 길거리에 스쳐가는 수많은 사람들을 다 기억하지도 못한다. 우리가 가야 할 곳에 도착했을 때는 어제 본 사람들을 또다시 마주한다. 좋은 사람이든 싫은 사람이든, 우리가 그곳에 가면 항상 거기에 있는 사람들이 그 자리에 있다. 하지만 종종 너무 자연스러워서 그 순간이 얼마나 소중한 일인지 모른다. 또 그것이 결코 자연스러운 일이 아니라는 것도 인지하지 못한다. 우리는 자주 만날수록, 그 사람들이 우리 가까이에 있을수록 내가 간다면, 내가 있다면, 그 자리에 거기 그대로 있을 거라 믿어 의심치 않는다. 그리고 그 사람들을 '우리'라고 부른다.

8월 4일. 퇴근 후에 집으로 돌아오는 길이었다. 나는 결혼 3개월을 앞두고 있었다. 아내에게서 전화가 걸려왔다. 전화기 너머로 들리는 그녀의 목소리는 많이 떨리고 있었다. 장모님이 갑자기 쓰러지셔서 위독하시다고 했다. 나는 괜찮을 거라고 달랬지만 달래는 내 목소리마저 이미 떨고 있었다. 아내의 목소리가 가라앉았기 때문이었을까 나는 바짝 긴장했고 액셀을 꽉 눌러 속도를 높였다. 정신이 아득해졌다. 가슴속에서 '안 됩니다. 장모님'을 외쳤다.

아내를 처음 만난 장소는 회사였다. 나는 이제 막 취직한 신입사원. 새내기 냄새를 풀풀 풍기며 나타난 나에게 아내는 그다지 친절하지 않았다. 그런데 그런 아내에게 내가 도움을 요청할 일이 생겼고, 일을 도와주어서 고맙다는 표시를 하고 난 후부터 간단한 대화를 하곤 했다. 그러던 어느 날 아내에게 교통사고가 났고, 병원에 입원을 했다. 나는 그 병원에 매일 출근했다. 공식적으로 사귀는 것은 아니었지만, 아내의 주변 사람들은 내가 아내를 좋아한다는 것을 눈치 챘다. 그리고 의구심을 갖던 아내도 나에게 호감을 가지기 시작했다. 매일 출근하던 그 병실에서 처음 장모님을

뵈었다. 온화한 미소, 잔잔한 웃음소리, 곁에만 있어도 화사함이 묻어나시는 소녀 같은 분이셨다. 전혀 의도하지 않은 만남이었지만 자연스러웠고, 자신의 첫째 딸을 매일 보러 출근하는 나를 예뻐해 주셨다.

우리는 비밀 연애를 했다. 회사의 특성상 소문이 나면 좋을 게 없었기 때문이다. 데이트는 늘 007 작전을 방불케 했다. 한 사람이 먼저 올라가서 사람이 있는지 확인하고, 후에 올라오는 방식을 취했다. 누군가에게 숨긴다는 것이 처음엔 재미있었지만, 시간이 지나면서 숨긴다는 것 자체가 고통이 되었다. 그럼에도 우리는 꽤 오래 비밀 연애를 유지해야 했고, 그 과정에서 많은 힘듦을 겪어내야만 했다. 빨리 결혼을 하고 싶었지만 그것도 여의치 않아 자꾸 시간을 흘려보냈다.

지금 생각해 보면 장모님이 참 답답했을 거다. 첫째 딸을 붙잡고 놔주지도 않고, 그렇다고 데려가지도 않는 어중간한 상태에서 3년을 머물러 있었으니까 말이다. 싫은 소리 한번 하실 만한데 하지 않으셨다. 한 번이라도 나에게 언제 데려갈 거냐고 물어보실 수도 있지만, 내 맘이 불편할까 봐 묻지도 않으셨다. 대신 집 근처에 갈 때마다 정성으로 만들어 주신 케일 주스로 응원해주셨다. 오히려 나를 가끔 힘들게 하는 건, 나 자신이었고 또 아내였다. 하지만 그럴 때마다 믿음을 보내주셨던 분은 장모님이셨고, 걱정을

하시는 만큼 결혼을 가장 바라고 또 바라시던 분이 장모님이 셨다. 결국 양가에서 결혼 허락이 떨어졌고 우리의 길고 긴 비밀 연애도 끝이 났다. 서로의 손을 꼭 잡고 걸어 다녔고, 함께 출근하고 퇴근할 수 있었다. 그리고 그토록 장모님이 바라시던 결혼을 딱 3개월 남겨놓은 밤이었다.

정신없이 병원으로 쫓아 들어갔을 땐 이미 아버님도, 아내도 그리고 4명의 처제, 처남도 울고 있었다. 장모님은 수술 중이셨다. 나는 수술실 앞에 있는 '수술 중'이라는 단어가 그렇게 차갑고 두려운 줄 처음 느꼈다. 어머님의 병명은 뇌출혈이었다. 나는 이 세 음절의 단어가 너무 무서웠고 충격이었다.

어머님은 이틀 전, 나의 생일이라며 미역 반 물 반의 어마어마한 미역국을 끓여주셨다. "더 먹을래?"라는 말에 "네!"라고 시원시원하게 대답하며 두 그릇을 뚝딱 비웠다. 나를 바라보시던 미소가 너무나 생생했다. 전날 밤에도 통화를 했고, 몇 시간 전까지만 해도 아내에게 집에서 보자고 하셨는데, 수술실에 계셨던 것이다. 나는 서둘러, 의사 동생에게 전화를 걸어 뇌출혈이 어떤 질병인지를 물었고, 아내에게 거짓말을 했다. '괜찮아지실 거라고, 우릴 두고 가시지는 않을 거라고' 다독이고 또 다독였다. 수술이 끝나고 어머님은 중환자실로 옮겨졌다.

8월 5일. 나는 문이 열릴 때마다 장모님 곁으로 갔다. 내 손을 잡아 주시던 그 손을 주물렀고, 차가워진 발을 매만졌다. 나의 이름을 불러주던 장모님의 목소리가 귀에 맴돌았고, 장모님 특유의 웃음이 계속 머릿속을 떠돌아다녔다. 아내와 식구들은 "엄마, 일어나"를 외쳤고, 나는 가슴속으로 "이렇게 가시면 안 됩니다" 되뇌고 또 되뇌었다. 이제 사위 노릇을 하고 싶은데, 결혼식장에서 '아내를 키워주셔서 감사합니다'라며 씩씩하게 절하고 싶은데, 지금까지 하지 못한 많은 것들을 함께 공유하며 고기도 구워 먹고, 여행도 다니고, 손자도 안겨 드리는 기쁨을 드리고 싶은데…. 나는 끊임없이 기도했다.

8월 6일. 결국 어머님은 떠나셨다. 우리 모두의 곁을. 반평생을 함께한 남편의 곁을, 100번 불러도 그리울 딸과 아들의 곁을, 100번을 더 불러주셔야 할 사위의 곁을 떠나셨다. 너무나 갑작스럽게 떠나버린 어머님을 보낼 수 없어 목놓아 울었다. 울고 또 울고 또 울었다. 내 슬픔보다 가족들의 아픔과 슬픔이 전달되어 왔다. 내가 할 수 있는 일이라고는 고작 가족들의 어깨를 두드리는 것이었다. 나는 겨우 3년을 함께했지만, 그들은 적어도 30년 혹은 지금까지 평생을 함께한 사람들이었다. 나는 가슴속에 새겼다. 나는 첫째 사위다. 이 사람들은 전부 내 가족이다.

처제들과 처남은 자신들의 요 며칠을 되돌아보며 울었다. 미루다 사드렸던 옷은 한 번밖에 입질 못하셨다고 울었고, 얼마 전에

엄마에게 화를 낸 아들은 미친 듯이 아파했다. 사랑한다고 더 많이 말해주었어야 하는데 해주지 못해서 후회했다. 더 많은 걸 함께 했어야 했는데 하지 못한다는 것을 통감했다. 그동안 미루어왔던 모든 것에 대한 후회를 했다.

8월 8일. 우리는 집으로 돌아왔다. 어머님은 떠나셨는데 어머님의 자취는 그대로였다. 떠나신 게 믿어지지 않았고, 조금 있으면 어머님이 들어오실 것 같았다. 우리가 당연히 여긴 내일이 여기저기에 아직도 우리에게 내일이 있다고 말하는 것 같았다. 우리는 착각했다. 내일도 어머님이 그 자리에 있을 거라고. 우리는 오해했다. 오늘과 전혀 다르지 않은 내일이 우리 앞에 놓여 있을 거라고. 그런데 틀렸다. 내일은 당연하지 않다. 우리의 내일에 어머님은 계시지 않았다. 내일 하려고 미뤄둔 모든 것들은 이제 절대 할 수 없는 것이 되어버렸다. 우리가 내일부터 할 수 있는 거라고는 어머님을 가슴에 담고 잊지 않고 사는 것만이 유일한 일이 되어버렸다.

우리 모두에게, 어머님이 있는 내일은 없어졌다.

우리가 가장 쉽게 생각하는 사람이 바로 내 옆에 있는 사람이다. 정확히 말하면 언제까지 내 옆에 있어 줄 거라고 믿는 사람이다. 가족이든 친구든 사랑하는 사람이든 가까운 사람들은 가까이에 있기 때문에 당연하게 여긴다. 그래서 새로운 사람에 집중하고, 관계를 깊이 만들어갈 사람에게 좀 더 주의를 기울이고 또 그 관계 속에서 스트레스 받는다. 가까이에 있는 사람과는 언제라도 할 수 있다면서, 수많은 이유와 바쁨을 핑계로 지금 당장 오늘, 가까이 있는 사람과 보내야 할 시간을 흘려보낸다. 우리에겐 내일이 있다고 믿기 때문이다.

아버지, 어머니에게 사랑한다고 말을 한 것은 언제였을까? 내 곁에 소중한 사람을 뜨겁게 안아준 것은 언제였을까? 고마운 것을 고맙다고 말한 것은 또 언제였을까? 함께 오붓하게 가족들과 보낸 시간은 언제였고, 어렸을 적 보여드렸던 그 수많은 재롱들을 다시 보여드린 적은 또 언제였을까? 보고 싶다고 말만 했지 찾아간 적은 언제였는지, 가까운 사람에게 내 마음을 표현한 것은 또 언제였는지, 아주 작은 마음의 표시를 한 것은 또 언제였는지 곰곰이 생각했다. 당연하지 않은 내일에 오늘 당장 내가 해야 할 것들을, 대단하지 않지만 사람들 사이에서 미루지 말고 해야 할 것들을 깊게 고민하고 하나씩 하기로 마음먹었다.

세상 모든 일에는 내일이 존재하지 않을 수 있다. 아주 작은 일에도 말이다. 마치 씨앗을 심어놓고도 심어놓은 줄 모르는 것처럼. 그래도 싹이 트고 열매를 맺어줄 줄 알았는데 물을 주지 않아 썩고 말았다. 이제 물을 주지 못했다고 후회해도 소용없다. 세상 그 어떤 것에도 내일은 당연하지 않다. 그리고 사랑은 미루는 게

아니다.

　"장모님, 사랑합니다. 보고 싶습니다."

Epi. 20

들을 준비가
되어 있는 사람은
사랑스럽다

　　　　　　　강단에 서는 일은 두려우면서도 설레는 일
이다. 많은 시선이 나를 주목하고 있을 때, 내가 하는 말에 귀 기울
이고 있을 때, 사람들의 반응을 봐가면서 오랫동안 준비한 말들을
조심스럽게 하나씩 하나씩 꺼내며 이 강의를 위해 고민하고 또 고
민한 흔적들을 보여줘야 한다. 사람들의 귀를 빼앗는 건 쉬운 일
이 아니다. 한바탕 제대로 싸움을 하듯, 보이지 않는 기싸움이면
서 또 그것이 이들과 나의 소통이기도 하다. 강의를 할 때, 주로 강
사 혼자서 떠든다고 생각하지만 실제로는 듣는 사람들이 훨씬 더

크게 끊임없이 자신들의 감정을 그들만의 방식으로 표현한다. 잠시도 방심할 수 없을 만큼 순식간에 흐름을 끊어버리기도 하고, 스스로 템포를 놓치는 나를 제자리로 돌려놓기도 한다.

사람들마다 강의를 듣는 방식은 다양하다. 계속해서 휴대폰만 보는 사람, 강사의 이야기를 하나도 놓치지 않겠다는 마음으로 적는 사람, 꾸벅꾸벅 조는 사람, 눈망울 초롱초롱하게 뜨고 나와 눈을 맞추는 사람, 뭔가 지루한 눈빛을 보내는 사람, 침묵으로 일관하는 사람, 깔깔거리며 웃는 사람, 강의를 녹음하는 사람 등 정말 다양하다. 그 속에서 강사들은 흐름을 잡아내고, 강약의 흐름을 유지하며 밀고 당기기를 반복한다. 그리고 강의가 끝났을 때쯤 사람들이 보내주는 박수 소리와 인사 소리로 그날의 강의를 평가받는다.

그런데 똑같은 장소, 똑같은 강의안으로 강의를 해도 매번 다르다. 그날의 이야기가 다르고, 호응이 다르고, 나의 몰입도가 다르다. 같은 이야기도 계속 반복해서 해야 될 때가 있고, 한 번만 이야기하고 쓱쓱 지나가서 더 좋은 이야기 혹은 더 좋은 교육활동을 할 수 있는 날도 있다. 사실 좋은 분위기라는 게 청중 모두에 의해 좌우될 것 같지만, 몇 안 되는 사람 혹은 단 한 사람만이라도 내 이야기에 진심으로 귀 기울여주면 충분하다. 내 눈을 맞추는 한 사람만 있어도 강의를 신나게 할 수 있다.

어느 무더웠던 날, 강의하기가 너무 힘들었다. 나의 컨디션도 엉망이었고, 무엇보다 강의를 듣는 분들의 모습이 영 아니었다. 대놓고 딴짓을 하는 분도 계셨고, 계속 강의장을 들락거리는 분도 있었다. 강의 중간에 느닷없이 휴대폰이 울리기도 하고, 눈빛들도 풀려있었다. 그런 날은 강의를 하다가 중간에 그만 내려오고 싶다는 생각이 든다. 내가 뱉어놓는 말들이 이 사람들에게 어떠한 영향도 주지 못한다는 느낌. 그저 내 소리가 허공을 떠돈다는 느낌이 드는 날. 그런 날이 바로 이날이었다. 강의가 한 20분쯤 흐르고 있었는데 계속해서 내 흐름이 끊겼다. 이번에도 뒤에서 문이 삐걱 소리를 냈다. 강의를 하면서 흘끔 보니 한 분이 살금살금 강의장으로 들어오셨다. 땀이 범벅이 되신 걸 보니 어디선가 급하게 오신 모양이었다. 그분은 빈 자리를 찾아 앉으시고 한동안 나를 바라보지 않았다. 거칠어진 숨을 고르느라 누구를 쳐다보고 할 상황도 아니었다. 조금 지나자 주섬주섬 수첩을 꺼내 들었고, 그때부터 강의를 듣는다는 느낌이 들었다. 강의를 하는 내내 자꾸 내 시선이 그쪽으로 갔다. 그분은 숨을 고르고 난 뒤부터 고개를 끄덕이며, 필요한 부분들을 적으면서 내 강의에 집중하기 시작했다. 그분의 눈빛에서 '저 사람이 지금 내 이야길 집중해서 듣고 있구나'라는 걸 느낄 수 있었다. 강의를 하다 보면 의도적으로 해야 하는 말의 타이밍이라는 게 있다. 이 부분은 웃겨야 할 부분, 이 부

분은 감동을 주어야 할 부분, 이 부분은 울어야 할 부분 등 이렇게 계획을 하고 강의를 하는데 그날은 번번이 틀렸다. 그런데 이분이 들어오고 나서부터 달라지기 시작했다. 그 많은 사람들 중에 이분만 웃을 부분에 웃었고, 감동해야 될 부분에 감동했고, 고개를 끄덕여야 할 부분에서는 여지없이 고개를 끄덕였다. 그런데 그 여파는 강했다. 한 사람이 적극적인 반응을 하기 시작하자 불 번지듯 사람들이 반응을 하기 시작했다. 어느새 사람들은 내 강의에 같이 호흡하기 시작했고 분위기는 좋아졌다. 그분 덕에 강의를 썩 잘 끝낼 수 있었다.

강의가 끝나고, 강의에 초대하신 분이 그분을 모시고 왔다. 마침 나도 감사하다는 말을 하려던 참이었는데, 그분이 대뜸 나에게 말했다.

"정말 듣고 싶었던 강의였어요. 감사합니다."

나도 그 말에 응하기 위해 감사하다고 말하면서도, 마지막까지 그분이 보여주던 눈빛을 담아두려 애썼다. 이분은 내 강의가 듣고 싶었고, 내 강의를 기다렸던 사람이었다. 그래서 그렇게 늦었지만 강의장에 조심스럽게, 하지만 서둘러 들어왔고, 숨이 차분해지자 놀랍도록 깊은 집중력을 보여주었다. 그리고 그 집중력은 전염되어 모두에게 영향을 미친 것이다. 한 사람의 들을 준비가 되어 있는 사람 덕분에 모두가 내 이야기에 집중하는 상황이 벌어진 것이다. 이날은 내가 훌륭해서 아니라, 듣는 한 사람이 훌륭해서 좋은 강의를 할 수 있었다.

우리는 하루에 몇 번쯤 말을 하고 살까? 또 반대로 몇 번쯤 다른 사람의 이야기를 들을까? 강의에 와있던 대부분의 사람들처럼 들을 준비를 하고 다른 사람의 이야기를 들은 적은 또 몇 번이나 있을까? 생각해보면 내가 말을 잘해서가 아니라, 상대방이 잘 들어준 덕분에 지금까지 내가 강의를 할 수 있었던 것이 아닌가 싶다. 사랑하는 사람이 내게 이야기를 걸어올 때, 친구가, 선생님이 혹은 다른 누군가가 우리에게 말을 걸어올 때, 그 단 한 명의 사람처럼 우리가 들을 준비가 되어 있다면, 사랑하는 사람들이 우리들 앞에서 조금 더 잘 자신의 마음을 표현할 수 있지 않을까? 하지 못했던 말도 너무 편하게 할 수 있지 않을까? 하는 생각이 들었다. 그래서 내게도, 당신에게도 들을 준비가 되어 있는 사람들이 필요하다. 수백 명의 사람들보다, 한 사람이 우리의 이야기를 더 귀담아 들어준다면 그것은 말로 표현할 수 없는 든든함이 된다. 그래서 당신이 누군가의 이야기를 들을 준비가 되어 있다면, 그렇게 들어준다면, 당신은 분명 이전보다 그 사람에게 더 사랑스러울 거다.

Epi.21

서로의 가치를
확인하는 말
"도와줘"

"엄마! 내 양말 못 봤어?"

"엄마! 어제 사놓은 거 어디다 뒀어?"

"엄마! 저번에 내가 가지고 온 거 어디에 있어?"

"엄마! 나 이게 잘 안 돼 어떻게 해야 돼?"

우리들에게 엄마는 그런 존재다. 작은 것을 하나 할 때도 찾고, 스스로 할 수 있는 일인데도 쉽게 엄마를 찾는다. 그리고 그때마다 엄마는 마법이라도 부리는 것처럼 부탁한 일들을 척척 해결하셨다. 난 죽어도 찾지 못하는 무언가를 순식간에 찾아내셨고, 능

숙하게 처리하지 못하는 일들을 완벽하게 처리하셨다. 엄마는 그런 존재였다. 무엇이든 해결할 수 있는, 무엇이라도 만들어 낼 수 있는 능력을 가진 사람. 그런 엄마가 있다는 것만으로도 힘이 되었고 엄마를 통해 참 많은 일들을 했다.

시간이 지나 머리가 굵어지면서 또 엄마의 품을 떠나면서, 어느 순간부터 엄마를 찾는 일들이 드물어졌다. "엄마!"라고 부르는 대신 인터넷으로 해결했고, "엄마!"라고 부르는 대신 내 스스로 무언가를 이룩해내는 방법을 찾아갔다. 혼자 허둥대고 방황하고 있을 때에도 누군가 나의 삶에 끼어들어오는 것을 허락하지 않았고, 습관처럼 엄마에게 "엄마는 몰라도 된다"는 말을 내뱉었다. 그냥 스쳐지나갔지만, 때때로 내가 그럴 때마다 섭섭해 하시던 엄마 얼굴이 기억난다. 그때 엄마는 섭섭하다는 말 대신 항상 이렇게 말씀하시곤 했다.

"우리 아들이 언제 이렇게 많이 컸을까?"

나는 잘 몰랐다. 그 말 안에 들어있는 수많은 의미를. 그저 기특하게 바라봐 주시는 것이겠거니 했다. 이제 스스로 다 할 수 있다는 표현은, 더 이상 엄마의 손을 필요하지 않은 아들이 되었다는 사실을 각인시켰다. 나는 그렇게 하루도 쉴 새 없이 불러댔던 나의 원더우먼인 엄마의 자리를 조금씩 나로 채워나가기 시작했다. 혼자 할 수 있다고 믿으면서 엄마를 밀어냈다. 그런데 정말 혼자 할 수 있는 일이 있을까?

누군가에게 도와달라는 말은 어색하다. 차라리 내가 하는 게 낫다는 말이 더 익숙하다. 학교에서 하는 팀 프로젝트도 분명 과제는 팀이지만 분업을 한다. 우리는 그 안에서 함께해야 할 일이 아니라 내가 해야 할 일을 정한다. 그리고 내가 해야 할 일에 대한 책임을 가지고 일을 진행한다. 맡은 일에 대해서 다른 팀원에게 도와달라고 말하는 것은 여간 어색한 일이 아니다. 경계를 나누는 일이 익숙해지면서, 함께하는 일들이 조금씩 사라지기 시작한다. 사소하게는 밥 먹는 것에서부터 크게는 일 그리고 그 이상까지. 함께하는 일들이 아주 조금씩 어색해지고 있었다. 그리고 그 어색함 속에서 우리가 지키고자 하는 것은 나 자신이라는 생각이 들었다. 이 상황에서 누군가에게 도와달라고 말하는 것이 과연 옳은 것인가? 혹여 그것이 민폐는 아닐까? 나의 책임에 대한 회피는 아닌 것인가? 수많은 것들을 따지면서 결국 혼자 마무리 짓는 일들이 많아졌다.

회사에서 내게 팀에 대한 전반적인 보고 업무를 맡겼다. 우리 팀의 팀원은 팀장님과 나 둘뿐이었다. 팀에서 대부분의 일은 주로 내가 맡아서 진행했다. 보고도 마찬가지였다. 보고를 준비하라 는 말이 떨어짐과 동시에 하나부터 열까지 스토리라인을 구성해서 우리 팀이 하고 있는 일과 팀의 성과, 팀의 미래를 보여주기 위한

보고서를 만들었다. 많은 시간을 투자했다. 폰트부터 슬라이드 디자인 그리고 내용까지 꼼꼼히 준비했다. 그리고 어느 정도 완성이 되어 팀장님께 사전 보고를 드렸다.

'전면 수정.'

그것이 돌아온 답이었다. 내가 만든 보고서는 오로지 나만을 위한 보고서지 누군가에게 보여주고 설득시킬 수 있는 보고서가 아니라는 게 포인트였다. 그리고 그 후에 돌아오는 일침은 한 가지였다. 왜 물어보지 않았느냐는 것. 왜 도와 달라고 말하지 않았으며 어찌 이렇게 될 때까지 한마디도 하지 않았느냐는 것이었다. 결국 처음부터 다시 시작했다. 그리고 혼자 해왔던 일 중 각 분야에 맞는 분들에게 "이건 어떻게 하면 될까요? 어떤 식으로 보여드리는 게 맞아요? 이게 맞는 건가요?" 물어보기 시작했다.

나의 판단이 아니라 모든 사람들의 판단을 하나로 모아서 내가 하고 싶은 이야기를 전달했다. 많은 선배들과 후배들에게 도와 달라고 부탁을 했고 그렇게 다시 시작된 보고서 만들기는 한참이 지나서야 완성이 되었다. 그럼에도 불구하고 완벽하지는 않지만 처음 내가 만든 것과 비교하자면 질도 양도 너무나 차이가 날 수밖에 없었다. 그런데 진짜 마법은 그다음부터 벌어졌다. 도와준 모든 사람들이 내게 말했다.

"파이팅!"

"떨면 안 돼!"

"그 포인트는 잘 전달해야 돼!"

"너라면 잘할 수 있을 거야!"

선배들도 후배들도 내게 와서 응원의 메시지를 던졌다. 그중에는 평소에 나랑 친하지 않았던 사람도 있었고, 어떤 사건으로 인해 서먹해진 사이도 있었다. 하지만 과정 중에 나를 도와주었던 선배들과 후배들은 마치 모두가 한마음이라도 된 것처럼 나를 응원해 주었다. 그렇게 보고가 끝나고 나서도 마주치는 사람들은 내게 말을 걸어왔다.

"잘했어?"

"잘했을 거야."

"고생했네."

무슨 일이 일어난 걸까? 내가 막히는 부분에서 이 모든 사람들을 귀찮게 했다. 이해가 되지 않으면 또 전화해야 했고 또 물어봐야 했다. 그들도 그들 나름의 일에 치여 숨막히게 헉헉거리고 있는 순간들을 마주하고 있을 때였다. 심지어 아주 귀찮다는 듯이 대꾸를 했던 사람들도 여럿 있었다. 그들에게 돌아가는 이익이란 조금도 있지 않고 순전히 우리 팀과 나를 위한 일이었다. 하지만 그 과정 속에 무슨 마법이 일어난 건지 사람들은 나의 보고서 발표가 잘되었으면 하는 마음을 가져 주었다. 내가 한 것이라고는 딱 하나뿐이었다.

　"혹시 저 조금만 도와주실 수 있어요?"

　나는 도움을 청한다는 것에 대해 익숙하지 않다. 그건 곧 의지가 박약한 것처럼 느껴졌고 나의 일을 누군가에게 미루는 것처럼 보이는 것 같았기 때문이다. 내가 아니더라도 옆 사람은 분명 무엇인가로 바쁠 것이기 때문에 내가 여기서 부탁을 하고 도움을 요청한다는 것은 이 사람에게 피해가 될 것이라는 생각을 해왔다. 그런데 조금은 아닐 수도 있다는 생각이 들었다. 나에게 도움을 요청한 사람에게 도움을 주었을 때, 그 사람이 진심으로 잘되기를 빌었다. 부탁하던 그 사람의 마음이 순간에는 잘 느껴지지 않았지만, 시간이 지나고 보면 이상하게 오히려 도움을 청해준 것이 고맙기도 했다. 그 사람이 가진 어려움을 해결할 수 있는 힘이 미약하게나마 내게 있다는 것을, 그 사람이 알아준 것이니까. 도와달란 말로 나의 가치를 인정해주고 있었다. 나를 알아봐준 그 사람이 진심으로 잘되기를 바라는 마음이 생겨났다.

　나는 도와 달라는 말이 왠지 의존적으로 느껴져 듣기 좋은 말은 아니라고 오랫동안 생각해왔다. 어떤 면에서는 노력해보지도 않고 도와 달라는 말을 습관적으로 한다면 그것이 좋은 모습이라고 말하기는 힘들겠지만 우리가 살아감에 있어 어떤 벽에 부딪혔을 때, 악을 쓰고 싸웠을 때 그리고 그 고난함 속에 지쳐 쓰러졌을

때, 우리는 가슴속 깊이 누군가 도와줬으면 좋겠다는 마음이 생긴다. 그럼에도 섣불리 누군가에게 도와달라는 말을 하지 못한다. 그게 꼭 상대방에게 피해를 주는 것 같아서다. 그런데 아니었다. 나의 그 한마디가 많은 것을 바꾸었고, 그 안에서 많은 사람들의 마음을 어루만질 수 있었고, 또 결과적으로 보고도 잘 끝이 났다. 혼자 밤을 새워가며 일했던 그 순간보다 더 많은 것을 얻었다.

혼자서 할 수 있는 일들은 그렇게 많지 않다. 기껏해야 집에 앉아서 라면을 끓여먹는 일, 텔레비전을 보는 일처럼 사사로운 일들뿐이다. 중요한 일들은 혼자 해내기엔 벅찬 경우가 훨씬 더 많다. 우리가 정말 능력자라 척척 모든 것을 해낼 수 있으면 좋겠지만, 그럼에도 주변에서 그렇게 혼자서 척척 해내는 사람들을 보면 조금은 재수 없다. 혼자서 할 수 있는 일이 그리 많지도 않은데다가 심지어 소소하게 텔레비전을 보는 일도, 라면을 끓여먹는 일도 함께 할 때 더 즐겁다. 내가 누군가에게 도움이 된다는 것, 내가 누군가에게 도움을 요청할 수 있다는 것만으로도 우리의 체온이 1도는 높아지는 기분이다. 엄마도 그랬을까?

엄마는 언제나 내게 엄마이고 싶어 했다. 문자 그대로의 엄마가 아니라, 힘들고 지치고 아플 때 찾는 엄마. 그리고 그렇게 엄마에게 도움의 손길을 요청할 때 엄마는 마치 10년 정도는 젊어진 것처럼 나를 안아주고 돌봐주고 사랑해주셨다. 예전에는 집에 가면 "에이, 불편하게 무슨 밥을 해 먹어요. 나가서 먹어요"라고 이야기하며 외식을 했지만 요즘은 조금 응석을 부린다.

"아! 엄마가 해주는 밥을 먹어야 집에 온 느낌이 나지!"

엄마는 그 말을 기다렸다는 듯이 내게 물어온다.

"뭐가 먹고 싶은데? 다 해줄게."

나는 그 한마디의 말에 엄마의 마음이 느껴진다. 엄마는 그렇게 나를 보살피고 사랑하시면서 또 한 번 엄마로서 스스로의 가치를 느끼고 계셨고 내게도 동시에 엄마의 도움이 엄마의 사랑이 더없이 달콤하게 다가온다.

나는 여전히 도와달라는 말을 쉽게 할 수는 없다. 하지만 도움이 필요할 때 망설이지 않기로 했다. 그 사람이 사랑하는 사람이라면 도움이 필요 없을 때도 한 번씩 도움을 요청했다. 나는 그 한마디로 사람들에게 이렇게 이야기한 것이다.

"당신이 필요해. 당신은 내게 아주 의미 있는 사람이야."

어릴 때 가지고 놀던 오뚝이는, 내가 아무리 밀어도 혼자서도 씩씩하게 절대 넘어지지 않는 장난감이었다. 그런데 밀어주지 않으면 일어날 일도 없다. 오뚝이가 오뚝이가 될 수 없다.

누군가에게 도와 달라는 말은 "나는 지금 네가 필요해!"라는 말이 된다. 서로의 가치를 확인하는 순간이다.

Epi.22

리액션이
사람을
살린다

　　　　　　　"고맙다고 말하면 안 돼?"

　"내가 언제 이런 거 사 달랬어?"

　"아니 생일에 선물하는 게 잘못도 아니고… 그냥 좋다, 고맙다
면 되는데…."

　"……."

　아내의 생일이었는데, 싸웠다. 선물이 마음에 들지 않아서였
을까.

　누군가를 위해 선물을 준비하는 순간에는 설렘이 가득하다. 상

대방을 위함인데, 우리가 더 기쁜 이유는 받을 사람의 모습을 상상하기 때문이다. 선물을 고르면서 피식피식 웃음이 터진다. 얼마나 좋아할까? 선물에 자꾸 마음을 담는다. 조금 더 좋아할 만한 것을 찾는다. 결혼 전 아내의 생일에 나는 그렇게 내가 만든 기쁨에 흠뻑 빠져있었다. 선물을 받는 사람보다 주는 사람이 더 기뻐진다는 말이 실감되는 하루였다. 아내는 늘, 하루 종일 바쁘게 돌아다니는 일을 하고 있었다. 시간이 굉장히 중요한 사람이었지만, 주로 휴대폰 시계를 이용했다. 나는 아내의 손목에 예쁜 손목시계를 사주고 싶었다. 얼마나 고민을 했을까? 아내에게 꼭 어울리는 시계를 발견했다. 시계를 사서 나오는 내내 콧노래를 흥얼거렸다. 아내가 기뻐할 모습을 상상하며 너무나 즐거웠다. 아내의 생일을 위해 베이커리에도 들렀다. 쇼윈도에 올라와있는 케이크 중 마음에 드는 녀석이 없었다. 인터넷을 뒤적거려, 직접 케이크를 만들 수 있는 장소를 알아냈다. 2시간 동안 오직 아내만을 생각하며 집중해서 장인정신으로 한 땀 한 땀 세상에 하나뿐인 케이크를 만들었다. 나는 또 쿵쿵거렸다. 얼마나 좋아할까? 그런데 착각이었다. 아내는 감동하지도, 좋아하지도 않았다. 내가 기대한 아내의 반응은 없었다.

　　대판 싸웠다. 아내가 오는 시간에 맞춰 케이크를 준비하고 선물을 줬지만 아내에게서 돌아온 첫마디 때문이었다.

"뭐하러 이런 걸 샀어. 나 필요 없는데."

후에 아내는 내게 말했다. 자신을 위해 돈을 쓴 나에게 미안해서 한 말이었다고. 그러나 그 순간만을 위해 준비해온 나는 나의 하루를 송두리째 부정당한 느낌이었다. 당황스러웠고, 내 마음을 몰라주는 아내에게 화가 났다. "고마워, 너무 좋다. 잘 쓸게."라는 말이면 충분한데, 아내는 내가 원하는 리액션을 해주지 않았다. 나와 아내의 거리가 영원해진 느낌이었다.

우리는 누군가와 말을 나누고, 함께 무엇인가를 가져갈 때 한 가지 전제 '지금 같은 생각을 하고 있다'를 깔고 있다. 상대방에게 지금 집중하며, 상대방의 말과 행동에 따라 우리의 행동과 말도 맞춰 간다. 그래서 상대방의 말과 행동에 주의를 기울인다. 서로가 호흡하기 위해서다. 사람이 살아가기 위해 필요한 것 중 하나가 숨쉬기다. 숨쉬기는 몸에서 이루어지는 자연스러운 상황이라, 잘 인식하지 못하지만 이 호흡이란 것은 사람의 생명을 좌우하는 중요한 활동이다. 사람과 사람 사이에서도 마찬가지다. 그 관계를 유지하는 서로 간의 호흡은, 서로를 인정하면서도 아끼고 때론 미워하면서 드나드는 들숨 날숨으로 만들어진다. 그리고 그 호흡 속에서 우리는 앞에 있는 사람과 주변의 사람들과 함께한다는 것을 자연스럽게 받아들인다. 대화를 할 때 흔히 경청의 중요성을 조금 버려두고서라도 누군가 우리에게 신호를 보내오면, 받는 쪽에선 신호를 받았다는 응답을 해주어야 한다. 그게 아니라면 우리의 말과 행동은 허공으로 사라져버리기 때문이다. 그렇게 떠나버린 말에서 우리는 오해를 탄생시키고, 상처를 만들어낸다. '나는 존중받고 있지 못하다'는 감정이 들고, 심하면 '나는 무시받고 있다'는 생각이 들고, 사랑하는 사이에선 '아, 이 오빠 변했다'는 말을 듣게 된다. 호흡이 턱 멈춰버리는 것이다. 리액션은 그렇게 아무것도 아니지만 많은 차이를 가져온다.

　세상에 태어나 사람이 가장 먼저 배우는 사람과의 리액션은 '옹알이'다. 이때 아이들은 아빠와 엄마를 통해 99% 리액션을 배운다. 전문가들은 이 옹알이를 '천사들의 언어'라고 부른다. 엄마의 말과 행동에 대한 아기들의 화답은 정말 천사들의 말처럼 들린다. 이때의 옹알이를 얼마나 잘 받아주느냐에 따라 혹은 또 얼마나 잘 유도하느냐에 따라 아이들의 뇌 발달이 크게 차이 날 정도라고 한다. 그리고 우리는 이때 엄마와 아빠로부터 배운 리액션으로 서로의 존재를 확인하고 사랑받고 있다고 믿게 된다. 순수하게 반응하는 우리의 모습을 보고 기뻐하는 사람들 곁에서 사랑받고 주의 집중 받으면서 자라난다. 작은 눈 깜박임 한 번에, 까르르 웃는 웃음 한 번에, 손짓 발짓, 웅얼거리는 뜻 없는 그 언어에 반응하는 사람들을 통해 사랑을 느끼고 존중을 느끼고 함께한다는 것을 느낀다. 엄마의 까꿍에 자지러지는 아이들은, 지금 엄마와 호흡하는 법을

배우고 있다. 우리는 그렇게 순수한 호흡을 어릴 적부터 배워온 사람들이다. 단지 시간이 지나면서 우리는 그 많은 것들을 조금씩 잊어버렸다. 천사들의 언어가, 사람들의 언어가 되어서인지도 모르겠다. 천사들의 언어를 통해 배운 호흡이 필요하다.

"강의의 질은 강사가 아니라 청중이 만듭니다. 그런 의미에서 잘 부탁드립니다."

강단에 서면 언제나 처음 하는 나의 인사말이다. 책임을 전가하는 말이 아니라 정말 그렇다. 강의가 진행되는 동안 사람들의 반응은 나의 강의에 더한 생명력을 불어넣는다. 수십, 수백 명 앞에 서서 강의를 한다는 것은 쉬운 일은 아니다. 기 싸움이다. 좌중을 압도하는 힘을 발휘하지 않으면 나의 말은 묻혀버린다. 흔히 연애에서 말하는 밀당처럼 수없는 밀당을 통해 내가 하고자 하는 말을 전달하는 것이 강의다. 그런데 애초에 반응을 해버리지 않으면 나는 아무것도 안 한 것과 같다.

그날도 그랬다. 150명 즈음 앉아있는 강의실에 반 정도는 팔짱을 끼고 나를 노려보고 있었다. 그들은 말하고 있진 않았지만 "그래, 한번 떠들어봐라"라는 느낌을 온몸으로 내뿜고 있었다. 강의 초반 나는 그 분위기에 휘말렸다. 말을 더듬거렸고 할 필요가 없는 말이 튀어나왔고, 해야 될 말을 까먹고 패스해버렸다. 그렇게 분위기에 떠밀려 강의가 엉망이 되어가는 찰나에 한 사람을 발견

했다. 진지하게 내 이야기를 들으며 끊임없이 고개를 끄덕이면서 뭔가 적고 있었다. 순간 나는 '그래, 저분만 보고 이야기하자'는 생각이 들었고 그때부터 고개를 끄덕여주는 단 한 분의 청중에 의해서 원래의 페이스를 찾아갔다. 그리고 다행히 강의를 잘 끝낼 수 있었다. 강의가 끝나고, 진행팀에서 준 음료를 들고 그분에게 다가갔다.

"시종일관 고개를 끄덕이며 잘 들어주셔서 감사합니다."

"네?"

"덕분에 강의를 잘 끝낼 수 있었습니다. 많이 긴장했었거든요."

"아, 아니에요. 그냥 우리 아들이랑 너무 닮아서…."

내 강의가 좋아서 집중을 했던 것도 아니다. 그냥 자신의 아들과 닮아서라고 했다. 하지만 어떤가. 덕분에 나는 강의를 잘 끝낼 수 있었다. 그 수많은 사람 중에 나와 호흡이 맞는 딱 한 분의 청중으로 인해 나는 제정신을 차렸고, 피해를 주지 않는 강의를 할 수 있었다.

강의를 하다 보면 어떤 날은 날아갈 듯이 강의가 진행되어 다함께 울고 웃으며 진행되는 강의가 있고, 똑같은 내용으로 강의를 해도, 울고 웃기는커녕 빨리 끝내고 싶은 강의가 있다. 10가지 이야기를 해야 하는데 5가지도 이야기를 하지 못하고 내려온 적도 많다. 처음엔 내 실력 부족으로 인한 기 싸움의 패배라고만 생각했다. 하지만 차이점을 알게 되었다. 날아갈듯이 강의가 가능했던 날의 사람들의 표정과 눈빛, 이 사람들의 리액션이 나를 살리고 있다는 것을 알게 되었다. 요즘은 강의 끝인사 말이 바뀌었다.

"저의 강의를 살려주셔서 감사합니다."

그들의 눈빛과 행동이 내게는 그 어떤 에너지보다 강렬한 동기가 되었다. 생각 외로 우리 주변에는 순수한 그때의 천사들의 호흡이 살아있다.

사람은 들어줄 누군가가 필요로 하면서 상대방의 반응을 이미 정해놓고 이야기를 시작한다. 나만의 호흡법을 전제하고 이야길 시작하는 것이다. 그리고 나의 호흡법에 상대가 맞춰주길 바란다. 무조건 좋은 것이 아니라 우리의 행동에, 우리의 생각에, 우리의 말에, 우리의 마음에 대한 긍정적인 반응, '나는 너의 편이다. 나는 너한테 고맙다. 나는 너의 이야기를 잘 듣고 있다'는 나에 대한 긍정적인 공감. 우리는 그걸 너무 원해서 띠링띠링 울리는 '좋아요!'에 열광한다. 이것은 절대 값싼 공감을 유도하는 것이 아니다. 그렇게라도 누군가와 함께하기를 원하는 것이다. 들숨과 날숨이 조화롭듯이 그런 호흡의 리액션을 기대한다. 하지만 때론 누군가의 이야기에 어떻게 반응해줘야 할지 모를 때도 많다. 도무지 우리가 이해되지 않는 이야길 하면서 나를 이해해달라고 하는 사람도 주변에서 심심찮게 볼 수 있다. 그 어떤 이야기든 우리 앞에서 하고

있다는 것은 결국 '나에게 반응해 줘요'라는 위로를 받고 싶은 것이다. 그리고 기억해줬으면 좋겠다. 우리도 쓸데없는 이야기를 나누고 싶은 순간이 있다는 것을. 그 쓸데없는 이야기를 자신의 이야기처럼 같이 화내고 웃고 슬퍼할 사람이 필요하다는 것을. 그 사람은 지금 숨을 쉬지 못하고 있다.

사람들에게 모든 상황을 대비할 수 있는 3가지 리액션을 추천하곤 한다. "헐, 대박, 진짜?" 이 3가지의 말이면 웬만한 모든 상황에서 상대방에 맞춰 호흡할 수 있다.

가령, 친구가 놀라운 이야기나 어이없는 이야기를 했을 때는 "헐~"

그 상황이 전혀 다른 반전으로 이어지면 "대박!"

도저히 믿어지지 않으면 "진짜?"

상대방의 말에 뭐라고 리액션해야 할지 모르는 사람이라면 꼭 한번 해보시길. 사랑받는 비결은 그리 어렵지 않다. 하지만 진짜 상대방과의 호흡은 저런 기술이 아니다. 때로는 그냥 고개를 끄덕여 주는 것으로도 충분하다. 그게 아니면 빙그레 웃어주는 것만으로도 충분하다. 고마운 걸 고맙다고 이야기하고 미안한 걸 미안하다고 이야기할 힘만 가지면 된다. 표현은 마음의 거울이고, 우리는 그 표현들로 사람들과 감정을 나눈다. 서툴게 표현한 감정에 상처받듯이, 깊은 표현에 위로받는다. 이제 우리는 어설프게 좋아하는 사람의 고무줄을 끊던 9살 아이가 아니기에, 조금 더 용기를 낼 필요가 있다.

아내가 틀린 것이 아니다. 어쩌면 나만 너무 가쁘게 숨을 내몰아 쉬고 있었다. 아내는 고마웠지만 미안해했다. 나는 미안해하지 말고 고맙다고 말해 달라고 했다. 그냥 그 한마디를 듣고 싶어 아내를 위한 하루가 설렜는지도 모른다. 나와 호흡을 맞추길 바란다는 것은 결국, 내 마음을 봐달라는 또 다른 표현일 뿐이니까. 한편으로는 아내가 이해되었다. 표현이 어색한 사람이었고, 무슨 말을 해야 될지 몰랐던 것이지, 마음이 없었던 건 아니었을 테니까. 어쩌면 그것이 더 자연스러운 아내의 모습이었는지도 모른다. 내 스스로 아내를 오해했다는 생각도 들었다. 그런 말을 해준 용기도 고마워졌다. 아내만의 리액션이었던 것이다.

어느 날, 아이 교육에 대한 내 강의를 다 들으시고 헐레벌떡 뛰어나온 한 어머님이 나에게 물었다.

"평소에 아이에게 어떤 말을 해주면 좋을까요?"

나는 대답했다.

"그때 그 나이 때 어머님이 부모로부터 가장 듣고 싶었던 이야기를 해주면 됩니다."

리액션은 가능하다. 상대방이 원하는 것을 보면 된다.

나는 아내에게 현금을 선물했다. 리액션이 커졌다. 나는 아내

가 "대박!"을 외치며 집을 뛰어다니는 모습을 처음 보았다. 아내가 원하는 것은 현금이었다는 사실을 깨달았다. 농담이다.

꼭 기억했으면 좋겠다. 리액션은 사람을 살린다는 것을.

Epi.23

'두근두근'
좋아하면
답이 없다

　　　　　　'두근두근' 나는 이 단어가 너무나 사랑스러
운 표현이라고 생각한다. 사랑하는 사람을 바라볼 때에도, 갈망하
던 일이 이루어지는 순간에도, 기다리고 기다렸던 택배가 오는 순
간에도, '두근두근' 우리의 심장은 성난 말처럼 뛰어다닌다. 나의
의지와는 상관없이 그저 한 대상을 향해 미친 듯이 뛰어다니는 그
마음을 표현하는 데 '두근두근'보다 더 적절한 표현이 있을까? 설
렌다는 것은, 내가 가진 모든 관심이 하나에 집중된다는 것이다.
시도 때도 없이 새로 고침을 통해 택배의 위치를 확인한다든가,

.

사랑하는 사람이 카톡을 보지 않아 남아있는 1이 언제 사라지는지 혹은 읽고 난 후에 후다닥 덮고 언제 답이 올지 기다리는 마음, 그것이 우리를 행복하게 만든다. 사람과 사람 사이에서 오고 가는 두근거림이 주변에서 늘 일어나고 또 그 과정에서 사라져 가슴 미어지게 울기도 한다. 모든 관계가 두근거림으로 시작하지는 않지만, 그 두근거림으로 다가오는 사람을 만났을 때, 그것이 연인이든 선배든 혹은 여러 명이든 우리는 그때부터 함께한다는 것에 대한 의미를 만들어 간다. 그 순간 그 사람들이 어떤 부분에서는 나의 우주가 되기 때문이다.

취업을 준비하면서 정확히 142번 떨어졌다. 우리나라에 그렇게 많은 회사가 있는 줄도 몰랐지만, 나는 전공과 분야에 상관없이 모든 자리에 지원했다. 그냥 일을 하고 싶어서였다. 친구들은 이미 취직해 자신의 영역을 만들어나가고, 더 이상 세상에 움츠리지 않고 당당해져만 가는데, 나만 제자리걸음을 걷는 듯한 느낌이었다. 나는 좌절하고 또 울기도 했다. 이력서를 쓰고 떨어지는 과정을 끊임없이 문자를 받아가며 반복했다. 나는 세상에서 가장 슬프고 잔인한 문자를 그 시기에 다 받은 듯하다. 무려 142번을 말이다. '귀하의 능력과 자질은 충분하나 우리 회사와는 맞지 않아 다음에 더 좋은 기회가 있으면 만나자'라는 마음에도 없는 그런 문자보다 '죄송합니다. 탈락하셨습니다'가 나는 훨씬 받아들이기 편했

다. 결국 몇 번의 패배의 잔을 더 마시고 나서야 지금의 회사를 만나게 되었다. 그리고 그렇게 선택한 회사가 나를 그동안의 고통에서 끌어내어 즐거운 회사생활을 만들어 줄 거라 믿었지만 현실은 달랐다. 여전히 힘들었고, 나는 조금씩 모든 것에 지쳐갔다.

잘하고 싶었다. 선배에게도 잘하고 싶었고, 후배들에게도 모범이 되고 싶었다. 어떤 일에든 열정을 불태우고, 늦게까지 남아 일에 매달렸다. 하지만 '잘하고 싶다'는 마음이 차오르면 차오를수록 힘들어졌다. 일이라는 건 그렇게 빨리 능숙해지지도 않았고, 능숙해 질만큼 중요한 일을 내게 맡겨주지도 않았다. 그렇게 조금씩 지쳐가고 또 현실의 벽에 부딪히면서 하루하루를 버텼다. 지금 생각해 보면, 오로지 그럼에도 불구하고 지금 이 자리에서 일을 해내고 있는 것은 나의 열정도, 나의 실력도 아니었다. 그냥 그 자리에 있는 사람들이 좋아지기 시작해서였다. 부족할 때마다 '그때가 아니면 배울 수 없다'고 말해주는 선배들도, 함께 일하면서 좌충우돌을 만들어내는 후배들도 그리고 무엇보다 나의 말과 의지를 지원해주는 많은 사람들이 좋아지기 시작했다. 그리고 함께 일하는 사람들이 좋아지니 서서히 그 일을 어떻게 해내가야 하는지 보이기 시작했다. 일단은 무엇보다 일 자체를 할 수 있게 되었다.

사람이 사람을 키운다. 그런데 여기에는 한 가지가 빠져있다. 바로 좋아하는 사람이 생기면 좋아하는 사람처럼 되고 싶어진다는 것이다. 그때 진짜 키움이 생긴다. 우리는 어릴 적 아버지를 사랑하면서 또 어머니를 사랑하면서 부모님의 모습을 내 안에 만들어낸다. 절대 안 닮고 싶은 부분마저 닮아버린다. 그것이 우리가 좋아하는 사람에게 가지는 기본적인 태도다.

학창 시절, 우리는 한 번쯤 짝사랑하는 선생님이 생긴다. 그토록 싫었던 수학을 잘하고 싶게 만들었던 수학 선생님. 잠시 스쳐지나갔지만, 영어에 대한 모든 인식을 바꿔버린 멋지고 잘생긴 영어 교생 선생님 그리고 진정한 내 가치를 인정해주고 힘이 되어주었던 선생님까지. 그렇게 한 선생님이 좋아지면 그 선생님의 모든 것이 좋아진다. 심지어 그토록 싫었던 과목도 좋아진다. 뿐만 아니다. 사랑하는 연인이 생겼을 때 우리는 변화라는 큰 기적을 이루어낸다. 나에게 이런 모습이 있었나? 싶을 정도로 스스로를 변화시키는 강력한 힘을 발휘한다. 사람이 사람을 키운다. 그 사람이 좋아지면, 그 사람의 모든 것이 좋아진다.

지난희 센터장님은 그런 내 첫 회사의 첫 파트너였다. 회사로 치면 이건 말로 할 수 없는 선배셨고, 마음으로 보자면 끝없는 조력자셨다. 센터장님은 회사 동료들에게 딱 한 가지만을 외치고 다니셨다.

"누구든지, 이 사람의 열정을 꺾는 일을 만들지 마라. 도와주고, 밀어줘라!"

나는 이분이 좋아졌다. 센터장이라는 직함이 가지고 있는 많은 부분과 특성이 있겠지만, 내가 생각하는 롤 모델은 지금까지도 이분이다. 사람을 안을 줄 아셨고, 사람과 함께하는 것이 무엇인지를 아셨다. 그래서 이분이 조금씩 좋아지기 시작했고, 그런 가르침 안에서 나는 더디지만 조금씩, 넘어지지만 또다시 일어나는 힘을 가질 수 있었다. 생각해 보면 지금의 나는 결코 나 혼자의 힘으로 있는 것이 아니었고, 실력보단 이분뿐 아니라 많은 다른 사람들을 만난 운으로 지금까지 버텨온 건지도 모른다.

당신은 운이 좋다. 당신이 좋아하는 사람이 주변에 많기 때문이다. 그리고 당신이 좋아하는 그 사람들이 작게든 크게든 당신을 키워냈을 것이다. 우리는 그렇게 누군가와 우리가 되면서 서로를 발전시킨다. 결국 모두 사람과의 문제인 것이다. 돈도 일도 어떤 것도, 우리는 사람을 피해나가기가 힘들다. 그래서 사람 속에서 아파하며 슬퍼하고 괴로워하며 웃을 수 있고 또 행복할 수 있다. 혼자 먹는 밥보단 같이 먹는 밥이 더 맛있고, 혼자 하는 쇼핑보단 누군가 옆에서 "예쁘다"를 연발하는 쇼핑이 즐겁다. 사람에게 혼자일 시간도 필요하지만, 그조차도 누군가와 함께하기 위함인 경우가 많다. 결코 좋은 사람만 당신 주변에 있을 수 없다. 우리 주변 어디에도 우리를 힘들게 하는 또라이는 존재한다. 심지어 '어떤 곳에 또라이가 없어 너무 만족하고 있다면 당신이 또라이일 수도 있다'는 말처럼, 당신이 좋아하는 사람만큼이나 싫어할 만한 사람도 많다. 하지만 기억하자. 그들도 누군가에겐 좋은 사람이라는 것을. 우리는 그런 사람들 속에서 또 한 번 성장하고 또 무엇인가를 만들어간다. 그 사람들이 내 곁에 한 명이라도 더 있다면 우리는 꽤 많은 일들이 즐거워질 것이다. 어쩌면 선택은 우리의 몫이다. 우리는 언제나 반짝이는 금을 찾지만, 널려있는 돌이 더 쓸모가 많다. 그 돌을 좋아해 세워 놓으면 금보다 더 가치 있는 무언가가 되기도 한다.

나는 사람들을 좋아한다. 아니, 좋아하고 싶다. 누구에게나 좋아할 만한 가치를 가지고 있을 테니까. 그리고 그 사람을 좋아하면 그 사람의 흠도 다르게 볼 수 있을 테니까.

어느 프로그램에서 김제동 씨가 말했다.

"윗집 아이가 시끄럽게 뛰어다니거든, 그 집에 찾아가서 그 아이를 만나보라. 아는 아이가 뛰면 그 소리가 덜 시끄럽게 들린다. 내 주변 사람들을 좋아하면 되지 않은 일도 되게 만들 수 있는 힘이 생긴다."

그래서 사람을 좋아하면 답이 없다. 모든 것이 답이 되기 때문이다.

또 뛴다.

두근두근.

Epi.24

목적이 같으면
우리는
뜨거워진다

멀뚱멀뚱 둘러앉아, 흘끔흘끔 쳐다보는 게
전부였다. 모두들 자기 휴대폰을 붙잡고, 이걸 놓으면 죽는 것처
럼 얼굴을 기울이고 있었다. 누구라도 말을 걸까봐 조심하며 마치
전혀 옆 사람에게 신경 쓰지 않는다는 느낌으로 옆 사람들을 주시
하고 있었다. 첫 만남은 그랬다. 파주에 있는 지지향에서 생전 처
음 만나 흘깃흘깃 서로를 탐색하는 순간도 잠시, 짧은 자기소개가
끝나고 1박 2일을 같이 보내고서야 우리는 그때부터 서로를 '동기'
라는 정겨운 이름으로 불렀다. 대학원이라는 곳에서 나이를 불문

하고, 출신을 불문하고 모두와 동기라는 이름으로 뭉치게 되었다. 안절부절못하며 휴대폰만 뚫어져라 쳐다보고 있을 때는 몰랐다. 이토록 정겹고 서로를 필요로 하면서 다른 삶에서 같은 방향을 함께 바라보는 공통점이 생길 줄은.

사람들은 세상을 방랑하다가도 한곳에 같은 뜻을 두고 뭉치면 공동체가 된다. 남이었던 사람들이 하나를 바라보기 시작할 때 우리가 되는 것이다. 처음 봐도 좋아하는 것이 비슷하다는 것을 발견하는 순간 사람은 금방 친해진다. 때론 그런 게 딱히 없어도, 같은 반이라는 이유로 죽고 못 사는 친구가 되기도 한다. 회사도 그렇고, 동호회도 그렇다. 누군가와 함께한다는 것은 적어도 '이 목적만큼은 이 사람과 함께하겠다'는 마음이므로 전혀 새로운 관계가 만들어지고, 시간이 흘러도 문득문득 생각나는 추억이 된다. 우리는 사람을 기억하기보다 그 사람과 함께 무엇을 좇았던 시간을 기억한다.

우리는 모두 다른 분야에서 모였다. '공부하자'는 딱 하나의 공통점을 제외하고는 정말이지 전혀 만날 일이 없는 여러 분야의 사람들이었다. 이들은 모두 나이를 불문하고 자신의 위치에서 조금 더 발전하고 싶은 사람들이었고, 그 마음을 행동으로 옮긴 대학원생들이었다. 첫 만남에서 젊게는 20대부터 많게는 50대까지 다양한 생각과 관점을 가진 이들이 모여 쑥스럽게 앉아 휴대폰에 머리

를 기울이고 있었던 것이다. 대학을 졸업하고 이런 만남은 너무 생소한 나머지 온몸이 가려울 지경이었다. 하지만 동기들은 생각보다 빨리 마음의 문을 열었고, 조금씩 서로에 대해 알게 되면서 빠르게 공통적인 목적을 확인해갔다. 이날을 계기로 우리는 서로를 이름보단 동기라 부르며 하루가 멀다 하고 모여서 여행을 떠났고, 3교시라는 있지도 않은 수업시간을 만들어 술잔에 시간을 기울였다.

억지로 동기 회장이 된 동준 형님은 자신은 억지로 된 적 없다는 듯 활동력이 강했고, 아주 가끔 나타나는 경문 형님은 한 번씩 나타날 때마다 동기들에게 깜짝 선물을 했다. 63빌딩에서 일하는 태일이는 상냥하지만 도대체 얼굴 보기가 힘들었고, 우정이는 늘 생글생글 웃고 다녔다. 인혜는 언제나 열심히 사는 멋쟁이고, 혜원이는 부족한 과대의 빈자리를 채워주는 든든한 부과대였다. 마스코트 시원이는 나와 같은 날 학교를 간 날이 손에 꼽을 정도라, 사실은 한 명이 아니냐는 설이 돌았다. 윤미는 4차원의 매력을 양껏 뽐내더니 해외로 가버렸고, 진선 누나는 든든한 우리의 지각대장이었다. 미선 누나는 털털한 성격에 동기 칭찬이 장기였고, 제현이 형은 늘 아무렇지 않은 척하면서도 한 방에 분위기를 압도했다. 은진이는 새초롬하지만 감초 역할을 했고, 소희는 학기 중에 시집을 가버렸다. 승섭 형님은 늘 '허허' 웃으며 동생들을 챙겼

고, 용수는 우리와 동기가 되고 싶다고 과를 옮겨왔다. 재웅 형님은 동생들을 챙기는 스타일이었고, 지영 누나는 아이를 데리고 엠티 장소에 달려오는 열정의 소유자였다. 헌도 형님은 나이로 보자면 회장님인데 회장을 맡아주지 않으셨고, 혜진 누나는 수업을 듣겠다며 술자리도 빠지는 현자였다. 그리고 키메이커인 영진이 없이는 우리 모두 학교생활을 할 수가 없다고 할 정도였고, 운혁이는 술만 마시면 상상할 수 없는 애교를 선보였다. 총무 민영 형님은 늘 든든한 모습으로 우리 뒤를 지켰고, 순주 형님은 툭하면 해외로 나가서 학교를 거의 안 나왔는데 그럼에도 성적은 늘 B 이상의 쾌거를 이뤘다.

이 많은 사람들이 다 나의 동기다. 생각해 보면, 우리 주변에는 이렇게 다양한 모습으로 시시콜콜한 것들을 공유하고, 늘 함께하고 싶은 사람들로 넘쳐난다. 사람이 사람 사이에서 뜨거워지는 것은 대단한 어떤 것이 있어야 이뤄지는 게 아니다. 어쩌면 아주 작은 공통점 하나면 충분하다. 친하지도 않으면서 내가 아는 이름이 나오면 반가운 이유는, 내가 그 사람과 어느 순간에라도 함께했기 때문이다. 혹은 같은 목적을 가지고 나란히 걸었던 기억이 있기 때문이다.

업무시간에 동기들이 모여 있는 SNS에 글이 올라왔다.

'지금 회사에서 이쪽 관련된 사람을 찾고 있는데 도와주세요'

잠잠했다. 도와달라는 말이 민망하게 둥그러니 떠서 몸을 떨고 있었다. 하지만 그렇게 오래 기다리지 않아 동기들의 저력이 나타났다. 여러 분야에서 관련된 사람을 찾아냈고, 본디 한 명만 필요했는데 너무나 다양한 인력을 알게 되어 도움을 청한 동기가 행복한 비명을 질러야만 했다. 공치사도 필요 없었다. 그저 자신들이 할 수 있는 일들을 서로를 위해 해주었다. 생색을 내지도 않았고, 오히려 별것 아닌 것처럼 행동했다. 그런 일들을 하나둘씩 겪으면서 서로 조금씩 조금씩 더 견고해졌다. 같이 공부한다는 이유 하나만으로 서로를 위하는 마음이 생긴 것이다.

"야, 우리 인연이다, 너랑 만난 건 운명이다"라는 말을 들으면 그 관계 속에 대단한 무언가가 있을 것처럼 느껴진다. 그런데 사실 너와 내가 우리가 되는 것은 아주 사소한 데에서 시작된다. 다만, 그 사소한 시작 위에 시간이라는 겹이 쌓이고, 배려가 놓이면 남이 님이 된다. 같은 곳을 바라보는 목적이 같아지면 우리는 서로를 향해 조금씩 그리고 많이 뜨거워진다. 우리는 모두 그렇게 뜨거워진 사람들과 살아가고 있다.

Epi.25

부러워야
이길 수 있다

실패에 또 실패를 거듭하며 그 속에서 허우
적거리던 나의 삶에서, 내 주변 사람들은 모두 부러움의 대상이었
다. 때로는 그들이 미웠고 '나도 분명 저만큼은 하고 있는데…'라
는 분한 마음도 있었다. 그래서 좌절하고, 슬퍼하고 아파했다. 단
지 나보다 더 잘나간다는 이유로 그 사람을 시기하고 질투하고 험
담하고 무시했다. 순전히 그 사람의 노력으로 만들어낸 결과도,
마음속에서는 다른 무언가가 있었을 거라고 믿었고, 기꺼이 그 사람
의 성공을 축하할 수 없었다. 나는 그렇게 옹졸하고 작은 사람이

었다. 나 아닌 누군가가 더 잘되는 모습에 배 아파했고, 그것이 불합리한 것이라고 믿었다. 내가 작아지면 작아질수록 상대방에 대한, 주변 사람들에 대한 피해의식과 질투와 시기심은 더욱 커졌다. 더 무서운 건 난 그때 한 번도 그들처럼 살아본 적이 없다는 것이다. 무언가를 참고 이뤄내기 위해 노력하며, 또 누군가를 인정해가며 배우려 하지 않았다. 찌질하고 불쌍한 나만 그때 그 자리에 있었다. 그들을 인정하지 않으면서 그들과 멀어지려 했다. 관계를 망쳤다.

상욱, 원기, 종훈, 상호 4명은 내 인생에 스승이자 시기 질투의 대상이었고, 부러우면서도 닮고 싶었던 내 친구들이다. 상욱이는 인생을 이상적으로 살아가는 녀석이었다. 무언가를 지켜내기 위해 시간관리가 철저했고, 당연하지 않은 걸 당연하게 할 수 있는 친구였다. 6시에 수영을 가려면 당연히 최소한 12시에는 자야 한다며 어떤 유혹도 참아내는 친구가 상욱이었다. 물론 지금도 모 대기업 연구소에서 일할 만큼 아주 잘나간다. 기분 나쁠 정도로 멋지다. 원기는 컴퓨터에 빠져 살았었다. 큰 대회에서도 곧잘 입상했고, 고등학교 시절 공부보단 컴퓨터를 더 좋아했다. 그런데 어느 날 갑자기, 이번 대회에서 은메달 이상 못 따면 공부를 하겠다고 친구들을 향해 공표했는데, 결과는 동메달이었다. 참 아쉬운 결과였다. 원기는 그 다음 날부터 정말 컴퓨터를 딱 끊고 공

부를 하기 시작했다. 평소 전교 등수 뒤에서 놀던 원기는, 몇 개월 만에 전교 2등까지 올라가는 기염을 토했다. 지금 생각해도 미친 놈이었다. 결국 서울대를 갔다. 종훈이는 어릴 적부터 기복이 없이 무엇이든 열심히 하는 친구였고, 우리들 중 가장 일찍 대기업에 취직해 제일 먼저 사회로 진출했다. 상호는 출중한 인물과 끼로 어릴 적부터 자신의 영역을 확고히 했다. 나는 이 친구들과 초등학교 시절, 중학교 시절, 고등학교 시절을 같이 보냈다. 그리고 지금까지 함께 지낸다. 하지만 나는 그런 친구들의 모습과는 조금 달랐다. 크게 잘하는 것이 없었고, 공부도 고만고만했으며 의지도 박약했다. 나는 학창 시절 내내 친구들이 미친 듯이 부러웠다. 때로는 저 친구들은 나랑 다르다는 것을 인정할 수 없어 화가 났고, 저들과 어울리지 못할까 두려웠다. '그 언젠가 자신의 길을 걸어 나갈 때 나는 저들과 함께 걸을 수 있을까?'라는 고민을 많이 했다.

우리는 살아가면서 다양한 나의 마음과 마주하게 된다. 그리고 그 마음은 때로 함께하는 사람을 미워하고 배척하는 힘을 만들어 낸다. 그리고 그런 마음을 바탕으로 조금씩 사람들을 멀리하고 자신을 자신이 만들어낸 틀에 가둔다. 그 마음 중 가장 표독한 녀석은 바로 시기와 질투다. 나를 작게 만들기도 하고 또 그런 생각을 하는 내가 나쁜 사람처럼 느껴지기도 하기 때문이다. 너무나 좋아하는 친구가 아끼는 사람이지만, 이상하게 그냥 진심으로 축하해주기가 힘들다. 이유 없이 사람들이 미워진다. 내 상황이 좋고, 내가 더 잘나가고 있는 상황에서는 그나마 진심 어린 축하가 가능하지만, 힘들거나 실패했거나 아플 때는 그 사람의 행복이 아니, 다른 누군가의 행복이 원망스럽고 질투난다. '왜 저들은 되고 나는 안 되는 것일까'라는 생각이 머리를 쿵 때리는 경우가 많다. 그리고 드러내진 않지만 내가 떨어진 그 시험에서 그 사람도 떨어지는 걸 당연하게 여기고, 혹은 내가 붙은 그 시험에서 그 사람은 떨어지길 바라는 마음도 은근히 있다. 그리고 그런 마음을 먹는 내가 가끔 너무 밉기도 하고, 속이 좁은 사람 같아 실망스럽기도 하다.

취직을 하기 위해 참 많은 사람들과 스터디를 했다. 근데 이 스터디라는 것이 시간이 흐르면서 참 묘한 감정을 불러일으킨다. 그때 모인 모든 사람들은 취직에 목말라 있는 사람들이었고, 혹여나 취직이 결국 되지 않을까봐 두려워했다. 처음에 취지는 아주 아름답다. 서로가 서로에게 정보를 공유하고, 서로의 성공을 빌고, 응원을 한다. 하지만 한두 명씩, 합격자가 나오면서 모임은 이상하게 시들해진다.

누군가 떠나고 난 빈자리를 새로운 사람이 채울 때, 나는 계속 그 스터디 그룹을 떠나지 못할 때, 어제까지만 해도 같은 입장에 있던 파트너가 내일 합격자로 돌아와 밥을 사겠다며 웃을 때 묘한 감정이 감돈다. 질투가 난다. '나보다 잘난 것도 없는데, 나보다 스

펙도 별론데, 왜 저 사람은 붙고 나는 계속 떨어져야만 하나⋯'가 맘속에 맴돌면서 조금씩 또 사람들을 멀리하게 된다. 때로는 지레 마음이 상해 스터디를 그만두기도 했다.

학창 시절부터 힘들 때마다 주저리 주저리 떠드는 나의 이야기를 들어주시고 그럴 때마다 마음을 정리하고 해결할 수 있는 답을 주시던 스승님은 그런 나에게 늘 질투해도, 시기해도 괜찮다고 말씀하셨다. 처음에 스승님이 해주시는 이 말이 어떤 의미인지 몰랐다. 시기와 질투로 인해 점점 열등감에 빠지는 나를 미워하고 있었고, 그 시기심과 질투심 때문에 사람들과 멀어지고 있었다. 때로는 그 시기와 질투심 때문에 스스로의 인생을 열심히 사는 사람들이 피해를 본다고 생각했다. 그런데 스승님은 "때로는 우리가 누군가에게 질투하고 시기하는 것은, 그 사람이 미워서라기보다 부족해 보이는 내게 화가 나서일 때가 더 많고, 부정적인 감정이 우리에게 늘 부정적인 결과를 가져다주는 것도 아니다"라는 것을 이야기하고 싶어 하셨다.

"질투와 시기가 문제가 되는 것은 자신의 부족함을 남을 깎아내리면서 보상받으려고 하는 우리의 마음이지, 사실 누군가를 질투하고, 시기하고, 부럽다는 것은 그 사람을 싫어할 이유도 되지만, 그 사람을 좋아할 이유도 되지."

그러고 보니 많은 것들이 그랬다. 누군가를 질투한다는 것은 결국 그 사람의 능력이 부럽다는 것이고, 부럽다는 것은 내가 그 능력을 갖고 싶다는 것이었으니까. 많은 실패 속에서도, 내가 주인공이 되는 그 순간까지 끌고 가는 것은 '너도 했는데 왜 나는 못 하겠냐'는 악다구니였는지도 모르겠다. 그리고 내가 주인공이 되는 순간 나도 누군가의 시기와 질투심의 대상이 된다. 나쁜 것이 아니다. 그건 또 그때 누군가를 이끌어내는 힘이 된다. 단지 알아야 하는 건, 시기와 질투심이 든다고 해서 그 사람을 멀리할 필요는 없다는 것이다. 그 사람이 부럽다는 것은 결국 그 사람처럼 되고 싶다는 말이니까. 질투심은 그 사람과 멀어지는 자물쇠도 되지만, 그 사람과 가까워질 수도 있는 열쇠도 된다. 긍정적인 질투심이, 긍정적인 시기심이 새로운 관계를 형성한다. 보다 긍정적인 관계를 말이다.

　나는 내 친구들을 좋아한다. 나보다 언제나 앞서 나가는 친구들이었고 늘 부러움의 대상이었다. 모두 각자의 분야에서 무엇인가를 해내가고 있다는 점에서 나는 친구들을 존경한다. 불안했지만 한 번도 친구들을 미워해본 적은 없다. 부러웠지만, 그건 내가 그들에서 배워야 할 점을 발견할 수 있는 또 다른 기회가 되었다는 것을 이제야 깨닫는다. 나보다 잘나가는 친구들을 진심으로 미워했다면 어찌 되었을까? 혹은 자격지심 때문에 친구들을 멀리했으면 지금의 관계가 유지되었을까? 생각해 보면, 나는 친구들을

부러워하며 친구들을 닮고 싶어 했다. 나는 친구들을 질투하며 친구들에게 많은 것을 물었다. 내 마음속에 담겨 있는 그들에 대한 부러움이 또 나를 다시 한 번 한 걸음 움직이게 만들었다. 그리고 난 여전히 친구들과 함께다. 서로가 서로를 끌어주면서, 서로를 부러워하면서.

흔히 '부러우면 지는 것'이라는 말을 한다. 스스로가 나약해 보이고 남들은 다 잘나 보이는 마음에 질투심이 들고 시기심이 들면 그것조차도 지는 거니까. 그러니 부러워도 하지 말자고 말이다. 하지만 누구라도 어렵고 힘들고, 비교를 통해 자신이 뒤처진다고 생각하는 순간에 부정적인 감정과 생각이 튀어나오는 건 너무나 자연스러운 것이다. 이때 우리의 마음에 드는 생각들을 너무 억누를 필요는 없다. 따지고 보면 지는 것도 아니다. 당신은 정상이다. 당신만 그런 게 아니라 우리 모두가 그렇다. 상황은 언제나 누구에게나 올 수 있기 때문이다. 다만 그 마음으로 인해 누군가를 멀리하거나 혹은 미워하지 않았으면 좋겠다. 어쩌면 그 마음이 또 우리와 우리의 관계를 성장시킬 테니까.

칼은 나를 위해 쓰면 도구가 되지만, 남에게 쓰면 흉기가 된다. 우리 마음속에 찾아오는 시기 질투도 똑같다. 내게 쓰면 에너지가 되고, 남에게 쓰면 상처가 된다.

부러우면 지는 게 아니라 부러워야 이길 수 있다. 나 자신에게.

그리고 잊지 마라, 분명 당신도 누군가에는 시기 질투의 대상
이다.

Epi.26

그 사람을 알아야
그 사람을
상상할 수 있다

뉴욕의 상징인 자유의 여신상을 머릿속에 떠올려 보자. 파리의 상징인 에펠탑을 머릿속에 그려 보자. 한 번 더 이집트의 상징인 피라미드를 머릿속에 떠올려 보자. 아마 가보지 않았어도 우리들의 머릿속에는 다음과 같은 것들이 너무나 자연스럽게 그려질 것이다. 아마 여러 가지 매체를 통해 이미 보았거나 가보았기 때문에 머릿속에서 자연스럽게 그려진다. 그렇다면 이번엔, 필리핀에 있는 코르딜레라스의 계단식 논을 떠올려 보자. 아마 쉽게 떠오르지 않을 것이다. 우리는 저 생소한 논을 어떤 미디어를 통해서도 본 적이 없기 때문이다. 우리가 늘 생각하는 상상력은 무언가 새로운 것을 떠올리는 것이라 생각하지만, 사실은 보고 듣고 느낀 것, 우리가 이미 어느 정도 알고 있는 것들만 상상할 수 있다. 결국 알지 못하는 것은 결코 상상할 수도 없다는 이야기다. 내가 좋아하는 강사 분을 통해 이 이야기를 전해 들었을 때, 알아가는 행위 자체가 무한한 상상력의 근간이 된다는 것을 깨달았다. 이건 비단 지식뿐 아니라 사람에게도 마찬가지였다. 내가 상대방에 대해 잘 알지 못하는 상태에서 떠오르는 상대방에 대한 모든 상상력은 전부 가짜일 가능성이 높다. '당신은 이것을 좋아할 거야'라고 믿는 그 마음은 나의 선택이지, 상대방을 위한 선택은 아닌 셈이다.

　미국에서 일을 하고 있을 때였다. 한국을 떠나온 지 꽤 되었을 무렵 내가 아주 좋아하는 친구 보미가 결혼을 하게 되었다. 내가 한국을 떠나오기 전부터 결혼한다는 이야기는 있었지만, 또 그렇게 내가 떠나 있을 때 훌쩍 시집을 가버릴 줄은 몰랐다. 보미는 내 친구들 중에서 처음으로 결혼을 했다. 나는 멀리 떨어져 있었지만, 보미를 생각하면서 축하하는 마음을 담은 결혼 선물을 골랐다. 내가 있는 장소에서 꽤나 의미 있는 선물을 고를 수 있었다. 예쁜 가방과 부부가 쓰면 좋을 법한 아기자기한 아이템들을 샀다. 그리고 편지도 한 통 썼다. 내 마음을 가득 담은 편지였다. 하지만

문제가 생겼다. 일단 우체국이 너무 멀어서, 보내러 가는 데 애를 먹었다는 것과 그 즈음에 우편 세금 부과 정책이 강화되어 선물을 받으면서 세금을 내야 될지도 모르는 상황이 생긴 것이다. 나는 잔꾀를 내어 일단 포장을 모두 뜯었고, 가급적 쓰던 물건처럼 보이게 해서 보냈다. 받는 사람이 세금을 내기를 바라지 않는 나의 꼼수였다. 포장은 허술했지만, 나는 친구가 분명 좋아할 거라고, 친구가 행복해할 거라고 확신했다. 하지만 아니었다. 보미는 박스 안에서 굴러다니는 선물이 선물처럼 보이지도 않았고, 그 안에 써 놓은 나의 편지는 오히려 보미를 화나게 했다. 나는 나대로 최고의 마음을 보냈지만 보미 입장에선 전혀 그렇게 보이지 않은 것이다. 서로의 기대가 수천 킬로미터를 두고 쿵하고 부딪쳤다. 그 당시 나는 어쨌거나 이 먼 곳에서 그래도 결혼을 축하하기 위해 마음을 보냈는데 그것을 받은 보미의 태도가 너무나 미웠고, 보미는 그 당시 그렇게 마음을 보낸 나에게 실망했다. 시간이 흘러, 서로의 진짜 마음을 확인하기 전까지 꽤 오랫동안 우리는 서로 연락하지 않았다.

나중에 알게 되었지만, 보미는 그때 많이 힘들었다고 했다. 그리고 오랜 친구였던 나에게 원하는 것도 많았고, 또 어떤 마음에서는 그 결혼식에 내가 있어주었으면 했다. 나에게 아주 중요한 부탁을 하려고 했었다. 하지만 나는 미국으로 떠나 있었고, 친구는 그게 못내 섭섭했던 것이다. 결혼하는 과정에서 좋은 것도 많았지만, 두 사람이 만나 한 부부로 탄생한다는 것이 그토록 어려운 일이라는 것도 깨닫고 있었고, 그 사이에 또 많은 사람들에게 응원을 받기도 했지만 또 많은 사람들과 멀어지는 계기가 되기도 했었던 것 같았다. 그래도 멀리 있는 나를 이해하려 했고, 멀리서나마 신경 쓰는 나를 보며 고마운 마음이 생겼다고 했다. 그러나 선물을 받아보는 순간 모든 기대가 와장창 깨어진 것이다. 노란 박스 안에서 굴러다니는 가방은 포장도 되어있지 않았고, 성의 없이 여기저기 처박혀 있는 모습 어디에도 자신을 그토록 좋아하고 이해해주는 친구의 마음이 느껴지지 않았던 것이다. 그리고 충격은 편지에 있었다. 마음은 알겠지만 거기에 써놓은 여러 조언들은 마치 훈계하는 것처럼 들렸고, 그 자리 그때 축하해주지 못하는 미안함보다 아는 척, 잘난 척, 인생 다 살아본 척하는 내 편지가 보미의 마음을 상하게 했던 것이다.

나는 내 나름의 이유가 즐비했지만 어디까지나 그건 나의 이유들이었고, 보미에 상황에 대해선 알지 못했다. 평소에 나는 늘 보미의 편이었고, 보미의 이야기를 잘 듣고 보미와 함께 욕도 하고, 같이 신경질도 내고, 같이 웃던 친구였다. 그런데 그때 나는 세상에서 가장 행복한 시간을 보내고 있었기에 보미의 이야기를 잘 듣지도 못했고 또 이해해주지도 못했다. 보미도 행복했겠지만 한편

으로는 너무나 힘든 시간을 보내고 있었다는 것을 나는 알지 못했다. 그렇게 보미의 상황을 알지 못하고 보냈던 내 마음과 편지는 축하하는 것이 아니라 오히려 상처를 주었다. 그 안에 내 마음을 얼마나 담아 놓았든지 간에 그건 나의 만족이었지, 소중한 친구를 위한 마음은 아니었던 것이다. 멀리서나마 보내려 했던 친구에 대한 나의 배려는 허울뿐인 배려였다는 것을 시간이 한참이 지나고서야 깨달았다.

우리는 상대방을 배려한다고 할 때 모든 생각을 주로 내 안에서부터 시작하는 일이 많다. 상대방을 위함이라고 하지만, 어디까지나 내 생각에서 출발할 수밖에 없다는 것이 물리적인 한계다. 죽어도 내가 그 사람이 될 수 없기 때문이다. 그래서 때로는 실수도 하고 오해도 하게 되고 또 진심이 왜곡되기도 한다. 그렇다고 해서 그 책임이 우리에게 있거나 혹은 그 마음을 몰라주는 상대방에 있는 것은 아니다. 서로에게 딱 하나가 부족했던 것이다. 그때 그 자리에 있던 서로에 대한 공부가, 서로에 대한 앎이 부족한 것이다. 지금 이 사람은 무엇이 제일 필요한지, 지금 무슨 말이 가장 듣고 싶은지, 어떠한 마음으로 이런 행동을 하는지, 그 사람이 평소 어떤 생각을 자주 하는지, 무엇을 좋아하는지 등 그 사람에 대한 공부가 필요하다. 그렇게 지금 그 순간의 그 사람을 알게 되면, 우리는 조금 더 깊은 상대방에 대한 배려가 가능해진다. 배려하는

것은 전달되는 일방적인 소통이 아니다. 배려는 배려하는 사람과 배려받는 사람의 마음이 일치되었을 때 일어난다. 주는 사람만의 마음만으로도 안 되고, 받는 사람의 마음만으로도 안 된다. 서로가 서로의 마음을 알아차리는 것, 그것이 진짜 배려인 것이다.

나는 그때, 친구에 대한 배려가 부족했다. 아니, 정확히는 그 친구의 상황을 잘 알지 못했다. 나의 상황 속에서만 모든 것을 생각했고, 내가 아는 친구에 대한 것에 국한되어 '이러면 좋겠지 저러면 좋겠지'로 판단했다. 또 마음대로 배려를 강요했다. '내가 멀리서 이만큼 챙기니까 고마운 줄 알겠지, 우체국이 멀리 있으니까 가는 데 시간이 좀 걸려도, 혹은 좀 보내는 일이 연기되어도 이해하겠지, 포장을 잘 하지 않는 것에는 이러한 이유가 있으니 또 이해할 거고, 내 마음이 가득 담긴 조언 넘치는 편지도 받으면서 감동하겠지?' 하며 처음부터 끝까지 내 마음만 잔뜩 담긴 선물이었던 것이다. 그 상자 안에는 미국에서 즐겁게 생활하고 있는 나만 가득 담겨있었다. 결혼을 준비하는 과정 속에서 친구의 관심과 배려를 받고 싶어 하는 내 친구 보미는 전혀 담겨 있지 않았다. 그러니 그 안에 있는 내 마음의 1%도 전달되지 못했던 것이다. 그리고 더 바보같고 무식한 건, 그 일로 인해 꽤 오랫동안 사랑하는 친구를 잃은 채 시간을 보냈던 것이다.

지금은 나도 결혼을 했다. 그리고 그때 서로가 어떤 마음이었는지 많은 부분에서 이해되었고 우리는 화해했다. 그리고 내가 결혼을 하는 과정에서 많은 이야기를 듣고 나누며, 서로의 상황을 알게 되자 나는 온몸으로 보미에게 배려를 받게 되었다. 그리고 그때 나의 배려가 얼마나 보미의 마음을 아프게 했는지도 시간이 지나서야 알게 되었다. 상대방을 위해 마음을 쓴 배려는 그렇게 시공간을 초월한 순간에 서로에 대한 앎이 꼭 있어야 한다는 것을 깨닫게 되었다.

작은 도화지 한 장을 주고 상상화를 그리라고 해도, 우리는 우리가 아는 것을 시작으로 상상한다. 사람도 그렇다. 우리 머릿속에 상대방을 그릴 때도 우리가 상대방에 대해 아는 것으로만 시작할 수 있다. 그러니 상대방에 대한 나의 마음을 그리기 위해선 꼭 그 순간의 상대방을 알아야 한다. 모를 때는 그릴 수도, 상상할 수도 없다. 만약 가능하다면, 그건 가짜일 가능성이 크고, 곧 오해와 왜곡을 불러올 수 있다. 그렇듯 사람은 알지 못하는 것을 그릴 수 없다.

진짜 그 사람을 사랑한다면, 오늘의 상대방을 궁금해했으면 좋겠다. 그럼 그때 그 사람만을 위한 우리의 마음이 그려지기 시작한다.

그 사람을 알아야, 그 사람을 상상할 수 있다.

Epi.27

너로 충분하다.
걱정 따위
안 해줘도 된다

나 요즘 너무 힘들어. 아침에 일어나는 것도 힘들고, 점심을 먹고
난 후에 할 일이 많은데 미친 듯이 몰려오는 잠도 이기기가 힘
들어. 할 일이 한 가지면 어떻게 해보겠는데, 해야 할 일이 너
무나 많아서 막연하고 두려울 때가 많아. 그래서 다른 때보다
조금 더 시무룩해 있고 기운 빠져 있는 나인 걸 나도 알고 있
어. 하지만 조금은 그런 마음의 상태로 나를 내버려 두고 싶
어. 그 감정을 이기려고 애쓰는 나를 보면서 더 슬퍼질 때가
많거든. 사실 어제는 정말 짜증이 났었어. 분명 무언가를 위

해 열심히 하고 있는데, 하는 것마다 안 되고 실수를 해. 남들은 다 하나씩 해결해 나가는 것 같은데, 나만 그 자리 거기에 그냥 있는 것 같아서 무섭기까지 해. 하나씩, 하나씩이라고 하는데 그 하나도 제대로 이루어지지 않을 때 모든 것을 포기하고 싶은 마음도 많이 들어. 내 안에 화는 자꾸 쌓여만 가는데, 그걸 풀어낼 데가 없어. 숨고 싶어. 사람도 만나고 싶지 않고, 누군가 내게 무엇인가를 물어보는 것도 힘들어. 사람들의 걱정이 괴롭혀. 그딴 거 안 해줘도 되는데, 걱정한다고 달라지는 것도 아닌데, 말로 던져지는 수많은 메시지들이 칼이 돼서 가슴을 난도질해. 있잖아, 나 웃어본 게 언제인지 모르겠어. 이제는 좀 웃고 싶은데, 쫓기지 않고 조금 편해지고 싶은데, 남들은 다하는데 나는 잘 안 되는 것 같아. 그래서 어제 네 말도 듣기 싫었어.

너 힘없는 너의 어깨를 바라보니 걱정이 됐어. 내가 표현이 서툴러서 그렇지 네가 걱정이 많이 돼. 그래서 한 말이었어. "이번에는 잘될 것 같아? 언제쯤 될 것 같아?"라고 물은 것도 그거 때문이야. 네가 "응"이라고 대답하면 "분명히 이번엔 될 거야!"라고 응원해 주고 싶었어. 내가 아끼는 사랑하는 사람이 힘들어하는 게 보이는데, 안 풀리는 게 보이는데 어떻게 그냥

가만히 있겠어. 그래서 한 말이었어. 너를 짜증나게 하려고 했던 말이 아니야. 그건 네가 알아주었으면 좋겠어.

ㄴ 알아, 걱정하는 네 마음. 그래서 나에게 물어보는 것도 알고 있어. 그런데 가끔은 너의 그 걱정으로 내가 더 힘들어지는 날이 있어. 하루 종일 시달리다 마음을 정리하고 또 돌아서는 데, 네가 나에게 대뜸 "잘되 가? 언제쯤 될 것 같아?"라고 물어 오면 겨우겨우 부여잡아놓은 마음이 미친 듯이 흔들려. '이번 에도 잘 안 되면 어쩌지, 이번에도 붙지 못하면 어쩌지' 하는 생각이 꼬리를 물고 떠올라. 눈앞이 캄캄해져. 그때 내가 너 한테 할 수 있는 말은 "괜찮아"라는 말뿐이야. 하지만 난 괜찮 지 않아. 온몸으로 비명을 지르고 싶지만, 그럴 수 없어. 나만 힘든 거 아니니까. 누구나 그러니까. 더 무서운 건 결국 이 모 든 일들을 나 혼자 힘으로 해결해야 하는 거잖아. 그게 결혼 이든, 취직이든, 공부든, 무엇이든, 결국은 내가 해야 할 일들 이야. 걱정 안 해줘도 돼. 너까지 고민 안 해줘도 돼. 사실은 나 너무나 잘 알고 있어서 숨기고 있는 거거든. 네가 걱정할 때마다 내 마음을 들킨 것 같아서, 애써 감춰놓은 마음이 들춰 진 것 같아서 힘들어.

너   걱정이 되는 걸 어떡해. 사실 물어보는 것도 너에게 뭔가 힘이
    되어줄 수 있는 게 없을까 하는 생각 때문이었어. 힘들진 않
    은지, 너를 위해 내가 무엇을 할 수 있는지 또 언제쯤 네가 괜
    찮아질지도 궁금해. 너를 사랑해서 그래.

나   나도 처음엔 금방 끝날 줄 알았어. 그런데 그렇지 않더라고.
    세상에 쉬운 게 하나도 없더라. 그렇다고 이 세상 모든 힘듦
    을 다 가지고 있는 것처럼 굴 수도 없더라. 주변의 시선이 신
    경 쓰여서. 괜찮지 않은데 괜찮은 척해야 하고, 의연한 척해
    야 해. 불안해 미치겠는데 불안한 티를 낼 수도 없어. 그게 지
    금 내 처지야. 콤플렉스는 원래부터 있는 게 아니잖아. 어느
    순간 내 부족함이 보이고, 실패를 하거나 혹은 큰 결점이 생
    겼을 때 그게 우리의 콤플렉스로 자리 잡게 돼. 그때의 나 아
    니, 지금 나의 아킬레스건이지. 여긴 너무나 약하고 보여주기
    도 싫은 부분이라 누군가 그걸 보는 것 자체가 신경 쓰여. 가
    끔은 모두 내게 관심을 꺼주었으면 좋겠어. 네가 나에게 도움
    이 되고 싶은 거 알아. 그래서 한 말이라는 것도 알고, 걱정되
    서라는 것도 알아. 하지만 내게 그건 별로 힘이 되지 않아. 그
    리고 아무리 네가 나를 이해하려 해도, 넌 나를 이해할 수 없
    어. 너의 시선과 나의 시선이 같을 수 없기 때문이겠지. 하지

만 그렇다고 네가 나에게 의미 없는 건 아니야. 그냥 그 자리에 있어주는 것만으로도 충분해. 가끔 눈빛에 담겨 있지 않고 내게 흘러들어오는 너의 말이 말과 의미가 따로 노는 것 같아서 더 슬퍼지기도 해. 누구나 자기가 지금 부족한 점, 불편한 점 잘 알고 있으니까. 그러니까 꼭 상기시켜주지 않아도, 걱정해 주지 않아도 조금씩은 노력하고 있으니까 조금만 믿고 곁에 있어줘. 걱정 따위 안 해줘도 돼. 옆에서 조금만 기다려줘. 그걸로 충분해.

우리는 모두 누군가에게 '너'로 살아간다. 아빠, 엄마, 아내, 남편, 형, 누나, 선배, 후배, 동료, 전부 너인데 나라고 착각한다. 너로서 우리가 해줄 수 있는 유일한 위로는 믿고 기다려 주는 일, 그것이 우리가 '너'라는 사람으로서 할 수 있는 최고의 형태의 위로다.

그래서 어쩌면, 너로 충분하다. 걱정 따위 안 해줘도 된다.

Epi.28

좋은 아빠가
아니어도
된다

"아빠, 이게 뭐예요?"

"……"

"네? 이게 뭐예요?"

"……"

"아빠…?"

"……"

나에게 아버지는 너무 무서운 존재였다. 말이 없으셨고, 무뚝
뚝하셨고, 무언가 함께하는 일이 드물었다. 그래서인지 엄마와의

추억은 많은데, 어릴 적 아버지와의 추억은 많지 않다. 그래서 지금도 아버지를 나는 아빠라 부르지 않고, 엄마를 어머니라고 부르지 않는 것도 그런 이유다.

아침잠이 많던 나는 자명종을 몇 개나 맞춰놓고 자도 잘 일어나지 못해서 곧잘 학교에 지각했는데, 하루는 아버지가 쉬는 날이라 집에 계셨다. 그렇게 울려대는 자명종 소리에도 일어나지 못하고 숙면을 취하고 있는데, 시계 알람 소리가 너무 시끄러워 안방에서 내 방으로 건너오시는 아버지의 발걸음에 소스라치며 놀라 일어났었다. 그만큼 무서웠다. 늘 말이 없이 무뚝뚝한 존재, 무엇도 물어보기 힘든 분, 세상에서 가장 두려웠던 분이 바로 내 아버지다. 사실 요즘 말하는 좋은 아빠는 아니었다.

요즘 아빠들의 모습은 바뀌어 가고 있다. <아빠 어디 가?>라는 프로그램이 인기를 끌면서 <슈퍼맨이 돌아왔다>가 연이어 인기를 얻고 우리는 다양한 아빠들의 모습을 텔레비전 안에서 마주하게 되었다. 주말에는 같이 놀러 가주고, 작은 것 하나도 아이들과 공유하면서 추억을 쌓는 모습이 아빠가 아닌 다른 사람이 봐도, 참 멋지고 좋은 아빠의 모습으로 보인다. 그리고 언제부턴가 아빠들에게 그런 역할을 요구하고 있다는 것도 느껴진다. 예전보다 어린이집에 더 많이 나타나는 아빠들, 마트에 더 많이 나타나는 아빠들, 병원에도 더 많이 나타나는 아빠들을 보면 예전에 우

리 아버지가 보여주시던 모습보다 더 많은 역할들을 하나씩 해내 가고 있는 것을 느낄 수 있다. 아직 많이 부족할지 모르지만 우리는 그렇게 브라운관을 통해 보고 들은 좋은 아빠의 모습을 배우고 익히려 노력한다.

인터넷에서 〈아빠는 왜?〉라는 시가 화제가 된 적이 있다.

엄마가 있어 좋다. 나를 예뻐해 주어서 / 냉장고가 있어 좋다. 나에게 먹을 것을 주어서 / 강아지가 있어 좋다. 나랑 놀아 주어서/ 아빠는 왜 있는지 모르겠다.

이 시를 처음 접한 아이의 아빠는 얼마나 가슴 아프고 허탈했을까? 아이가 바라보는 관점에서 아빠는 왜 있는지도 모르는 사람이 되어 있었다. 노력하고 배우고 있지만, 좋은 아빠가 되기는 커녕 그냥 아빠도 되기 쉽지가 않다. 우리는 오랫동안 아빠를 그렇게 보아왔고, 지금의 아이들의 눈에도 아빠가 그렇게 보이는 게 현실이다. 하지만 텔레비전 속의 좋은 아빠들과 달리 우리 아빠들의 일상은 녹록치 않다. 일주일을 꼬박 일하고 겨우 받은 월급은 대부분 가족들이 생활하는 비용으로 나간다. 한 달 내내 고생해서 벌어도 자신을 위해 쓸 수 있는 돈은 그리 많지 않다. 심지어 용돈을 받는다. 어떻게 마주한 주말은 좀 오래 누워있고 싶고, 의미 없이 채널을 돌리며 휴식을 하고 싶은 날도 그저 마음껏 쉬지 못한다. 직장인이 아니라 아빠의 역할을 해내야 하기 때문이다.

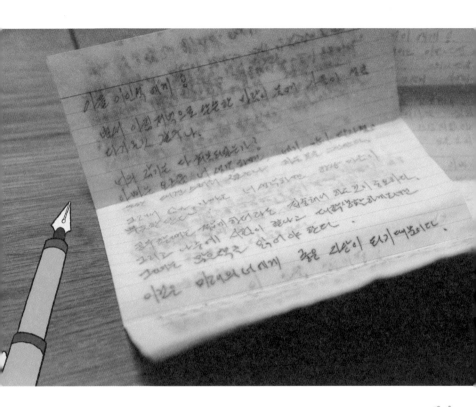

나는 아빠와 축구를 해보는 게 소원이었다. 아빠와 단둘이 영화를 보는 것도 소원이었다. 어른이 되어서도 아직 한 번도 해본 적이 없다. 아빠와의 시간이 그리웠고 다른 아빠들과는 다른 모습에 늘 실망했었다. 그래서 아버지를 꽤 오랫동안 원망했다. 왜 우리 아빠는 다른 아빠와 다를까? 왜 아빠는 나를 사랑하지 않으실까? 오랫동안 무뚝뚝하고 무서운 아버지에게 나는 상처받았다. 그런 아버지가 내가 군대에 있을 때 편지를 보내왔다. 마치 지금 내가 하고 있는 생각들을 보고 있는 것처럼, 나에게 하고 싶은 이야기, 해주고 싶었던 이야기를 해주셨다. '아버지는 절대 모르실 거야'라고 단정 지었던 나의 어린 시절을, 아버지는 '너는 어릴 때 이랬다, 저랬다' 하시며 당신이 기억하시는 나의 이야기들을 편지 안에 가득 담으셨다. 그 후로도 10통이 넘는 편지를 아버지께 받았다. 늘 '건강은 어떠하냐'로 시작해 꼭 '아버지는 아들을 믿는다'며 끝맺으셨다. 그 편지 속에서 나는 진짜 나의 아빠를 처음 만났다. 내가 모르는 순간에도 아버지는 늘 곁에서 아빠로서 노력하고 계셨다는 것을 그때 알았다.

아빠는 홀로 가족이 가져가야 할 많은 것들을 감당해내고 계셨다. 아파도 아프다고 말하지 않고, 힘들어도 힘들다 말하지 않으면서 하나씩 하나씩 사랑하는 아내를 위해서, 사랑하는 아들들을 위해서 무겁지만 진중하게 가족의 삶을 두 어깨에 짊어지고 하루

하루를 살아가셨던 것이다. 서운하기만 했던 아버지의 모습이었지만, 아무 말 없이 가족을 사랑한다고 말하고 있었다. 모든 순간을 사진으로 찍고 꼼꼼히 앨범으로 만들어 우리의 어린 시절을 기록해주시던 아빠였고, 주말 부부였어도 빠지지 않고 꼬박꼬박 우리를 보러 오셨다. 어떤 애정 표현도 내게 잘 해주지 않으셨지만, 내게 좀 더 다가오지 않으셨지만, 그래도 아빠의 노력이 없었던 적은 한 번도 없었다.

우리들의 아빠는 매주 어디로 우릴 데려가지 않는다. 우리 아빠는 사실 슈퍼맨도 아니다. 좋은 아빠가 아닐지도 모른다. 하지만 우리의 아빠들은 그렇게 오랫동안 다른 사랑의 모습으로 우리 주변을 맴도신다. 잘 다가오지 못하고, 마음도 잘 전달하지 못한다. 엄마처럼 나를 살갑게 안아줄 수도 없고 사랑한다는 표현도 어렵다. 나는 오랫동안 그런 아버지를 오해했다. 사랑의 모습이 다 똑같을 거라고 믿었기 때문이다. 하지만 그 시간 동안 가족을 위해 일하시는 아버지의 인생 자체가 사랑이고, 머뭇머뭇하시면서 별일 없냐고 물으시는 것도 사랑이며, 집안에 홀로 앉아 자신의 자리를 묵묵히 지키는 것도 사랑이었다. 우리는 몰랐던 거다. 아빠가 이겨내 가고 있는 삶의 무게를 그리고 아빠가 보여주고 싶은 사랑의 모습을.

좋은 아빠보다 노력하는 아빠가 더 좋다. 그리고 이 세상에 노

력하지 않는 아빠는 없다.

이 글이 실릴 지면을 빌려 전달하지 못한 마음을 나의 마음을
전하고 싶다.

"아버지, 사랑합니다."

Epi.29

뒤로 넘어져도
안심할 수 있어,
덕분에

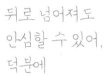

너를 처음 보았을 때, 나는 네가 미웠어. 나
보다 더 사랑받는 네가 싫었고, 나에게 올 관심과 사랑이 너에게
로 가버리는 것 같아 불안했어. 시간이 지나 네가 내게 그런 사람
이 아니라는 것을 알게 되었고 너를 보호하려 했지만, 그것도 잠
시일 뿐 곧잘 미워지고, 아무도 모르게 널 꼬집기도 했어. 사실 나
는 너에게 좋지 못한 사람이었지. 때리기도 참 많이 때렸고, 시기
하기도 참 많이 시기했고, 조금만 내 신경을 거슬리게 해도 내 온
몸에서 뿜어져 나오는 화를 너는 감당해내야만 했어. 너는 움찔움

찔 무서워하면서 내 감정을 온전히 다 받아내야만 했고, 그게 널 많이 힘들게 했을 거야. 상상해보지 않아도 그게 얼마나 너에게 큰 상처였을지 알 것 같아.

그렇게 너는 내 곁에서 오랜 시간 함께하다가 내 곁을 떠났어. 지금도 그때를 생각하면 아찔해. 네가 떠난 그 자리가 너무 커서 나는 한동안 감당해내지 못했어. 처음엔 네가 없다는 사실이 너무 화났고, 나중에는 그냥 가끔 울음을 터뜨려 버릴 정도로 네가 그리웠어. 얼마나 보고 싶었으면 문득 꿈속에서 나타나는 네 모습에 나는 잠을 못 이루기도 했었지. 잘 지내는지 궁금했고, 너도 나처럼 내가 보고 싶지 않을까 생각했어. 다행히 너는 어려운 시간들을 잘 버텨내었고, 누구도 상상하지 못하는 일들을 해냈고, 그곳에서 너만의 영역을 만들어 냈어.

세상 모든 사람들이 너의 미래를 걱정할 때, 나는 이상하게 안심이 됐어. 너의 모습을 알고 있었고, 너의 생각을 짐작했기 때문이었는지 몰라. 하지만 깊게 따져보면 나는 계산할 수 없는 신뢰가 너한테 있었던 것 같아. 다른 사람은 몰라도 너는 할 수 있다고 생각했고, 다른 사람들처럼 실패해도 너는 일어나 다시 걸어갈 거라는 믿음이 있었어.

어느 날 네가 적어놓은 글을 읽은 적이 있어. 몸이 떨어져 있는 그곳에서 얼마나 네 스스로 외로움에 떨고 있는지, 때로는 네 앞으로 몰려오는 슬픔을 어떻게 견디고 있는지, 또 네가 얼마나 큰 부담을 가지고 하루하루를 버티고 있는지 알게 되었어. 나는 그때 너는 모르겠지만 한참을 울었어. 내가 사랑하는 네가, 내가 믿는 너 혼자 거기서 얼마나 이를 꽉 깨물고 버텨내고 있는지가 느껴졌고, 그런 너를 생각하니 마음이 아려져 견딜 수가 없었어.

그런 너를 먼 나라 그곳에서 보게 되었지. 그리고 나를 본 날 밤, 넌 내 앞에서 울었어. 나는 네가 우는 모습이 보기 싫어서 너에게 소리치며 화를 냈지. 약한 네 모습이 나를 화나게 했거든. 너는 내게 그동안 못했던 말들을 했어. 꽤 훌륭한 시간을 보내고서도 불안함에 떠는 너를 보았어. 그런데 나는 해줄 수 있는 게 아무것도 없었어. 내가 너를 위해 할 수 있는 게 정말 아무것도 없어서, 처음으로 내가 너의 형이라는 게 싫어졌어.

그런데 넌 달랐지. 나의 마음을 유일하게 이해해주는 사람이었고, 내가 받은 상처를 유일하게 들여다 봐주는 사람이었고, 네 앞에서는 그 어떤 거짓도 꾸밈도 필요 없었어. 이 세상 아무에게도 할 수 없는 말들을 난 너에게 할 수 있었고, 네가 나의 동생이라는 이유 하나 만으로 든든했다. 그 머나먼 미국에서 너의 길을 하나하나 걸어가는 것도 자랑스러웠고, 그래서 내 주변 사람들에게 언제나 넌 내 자랑거리였지. 못나고 못난 형인데 사랑한다고 말해주고, 좋아한다고 말해주고, 형의 부탁을 거리낌 없이 도와주고 밀

어주었다. 그렇게 든든한 내 동생이 늘 내게 미안해하고 있다는 것도 알고 있다. 하지만 동생아, 너는 나의 가족이다. 네가 뒤에 있다면 나는 백 번이고, 천 번이고, 만 번이고 내 몸을 너에게 맡기고 뒤로 넘어질 수 있다.

나에게 동생은 그랬다. 낯간지러워 말을 다 하지 못하지만 우리에게 가족이란 그렇다. 너무 가까이 있어서 함부로 대하고, 너무 매일 봐서 마음을 다 표현하지 않고, 너무 자연스러워서 거리낌이 없다. 우리 인생에서 가장 1차원적인 관계, 그래서 소중한 줄 모르는 사람들. 하지만 곰곰이 생각해 보면, 늘 우리 옆에 있었다. 하나하나 헤아려 보면, 말로 표현할 수 없을 만큼 고마운 게 많은 사람. 앞에선 '참견하지 마라, 내가 알아서 할 거다' 소리치고는 돌아서자마자 안쓰럽고 미안한 사람. 다른 사람들은 몰라도 우리의 가족들은 시공을 초월해서 늘 우리 곁에 있었다. 우리가 넘어지는 순간에도, 우리가 기뻐 성공하는 순간에도, 우리 곁에서 늘 같이 웃고 우는 사람들. 우리는 그런 사람들을 가족이라고 부른다. 내게도 있고 당신에게도 있는 사람들. 그 사람들에게 있기에, 뒤로 넘어져도 안심할 수 있다. 덕분에.

Epi. 30

죽을 때까지 읽는
엄마라는
교과서

깨끗한 집, 무심히 켜져 있는 텔레비전, 그
앞에서 좋아하는 프로그램을 보다가 잠드는 엄마. 공부를 하다가
거실로 나가 보면 혹은 밤늦게 들어오면 늘 마주하는 엄마의 모습
이다. 그만 끄고 들어가서 자도 괜찮을 것 같은데, 그렇게 시간이
아까우신지 차마 이겨내지 못하실 때까지 사람 소리를 들으시다
가 주무시거나 책을 코에 엎고 주무신다. 너무 오랫동안 그 모습
을 봐서 나도 모르게 집에서 엄마와 꼭 같은 모습으로 그러고 있
는 나를 발견한다. 그런 내 모습을 보고 아내는 늘 내가 엄마에게

하던 말을 한다.

"들어가서 자."

엄마의 모습을 꼭 가지고 있는 나는, 평생 엄마를 보며 보고 배운 것들이 내 삶에 틈틈이 녹아있다. 역시 피는 못 속인다. 늘 내 곁에 있었기 때문일까? 그 누구보다 나는 엄마에 대해 먼저 배웠다. 어머니는 어릴 때 내가 아프거나 밥을 잘 먹지 않으면 사과를 긁어서 입에 떠먹여 주셨다. 그때 사과를 숟가락으로 긁어 입에 넣어주는 그 맛이 얼마나 달콤했던지 지금도 기억이 난다. 그래서 스스로 한 번씩 긁어먹어 보면 홀쩍이며 엄마 곁에서 먹었던 그 맛이 나지 않는다. 아마도 엄마에게 느꼈던 다른 감정이 그 시간 그때에 있었기 때문은 아닐까. 나는 엄마 목소리에 예민하다. 엄마의 감정이 고스란히 그 목소리에 담기기 때문이다. 이제는 엄마 목소리만 들어도 걱정거리가 있는지, 기분이 좋은지, 한 번에 알아맞힌다. 아마 그렇게 되기까지 내가 엄마의 목소리를 많이 들었기 때문인 것 같다. 어릴 적 엄마는 내게 많은 책을 읽어주셨다. 그리고 많은 이야기를 들려주셨다. 선생님인 엄마가 읽어주는 책은 늘 흥미진진했고, 엄마가 들려주는 이야기는 박진감이 넘쳤다. 그 덕분에 나는 꽤 활동적인 아이였고 상상력도 풍부했다. 아이들에게 나는 늘 재미있는 친구였는데 내 인기 비결에는 엄마가 들려주거나 읽어준 많은 이야기들이 제대로 한몫을 했다. 지금도 나는 책 읽는 것을 좋아한다. 나도 모르는 사이에 삶의 곳곳에 엄마의 모습이 내 안에 들어와 있다는 것을 나이가 들고서 깜짝깜짝 놀래가며 발견하게 된다. '이건 완전 엄만데?' 그리고 그런 내 모습이 나는 참 좋다.

살면서 가장 많이 만나고, 가장 많이 다투고, 가장 많은 이야기를 나누는 사람, 엄마. 태어나서 엄마 곁을 떠나면 울어대고, 엄마가 떠주는 밥을 먹고, 처음으로 "엄마"라는 말을 하게 되는 순간까지 그리고 그 후로도 우리는 참 많은 부분에서 엄마에게 의지한다. 엄마라는 존재는 그렇게 무엇이든 만들어내고, 무엇이든 해내고, 무엇이든 우리를 위해 자신을 희생할 수 있는 사람이었다. 우리가 태어나면서 원래 불리던 이름은 사라지고, 그 자리에 '누구 엄마'라는 호칭이 자리 잡는다. 그리고 이전과는 확연히 다른 삶을 살기 시작한다. 오롯이 우리들만을 위한 삶. 하지만 때로 그렇게 늘 한결같이 보여주는 그 관심과 사랑이 어느 순간 잔소리가 되고, 그것들을 귀찮아하고 힘들어하는 우리를 발견한다. 신경 쓰이고, 성가시다며 내치고, 내 인생 내가 알아서 하겠다며 큰소리 땅땅 치면서 상처를 드린다. 작은 것 하나도 허투루 보내는 적 없는 엄마의 마음에 아픔을 전달하며 엄마의 희생을 보려 하지 않는다. 엄마니까, 엄마라서 가져가야 할 무게라고 생각했다. 그녀들이 진짜 강한 이유는 세상 모든 것이 변해도 변하지 않고 어릴 적

그 마음 그대로 여전히 우리를 위해 자신의 인생을 일부분 희생하고 있다는 데에 있다. 그리고 그것은 한 사람의 일생을 만드는 기적을 일으킨다.

우리 엄마는 두 아들의 엄마다. 그러니까 총 4식구 가운데 유일한 여자다. 그리고 나머지 세 명의 남자들은 도무지 그런 엄마를 이해하지도, 보살펴주지도, 따뜻하게 안아줄 줄도 모르는 바보들이었다.

나는 어려서 겁이 많았다. 가끔 헛것도 봤고, 혼자인 걸 두려워했다. 아침에 눈을 뜨면 잠이 드는 게 무서웠고, 조금만 엄마랑 떨어져도 울음바다를 만드는 아이였다. 엄마는 시종일관 그런 큰아들을 걱정했다. 곁에 있어도 주고, 화도 내보고, 강하게 키우기 위해 이런저런 시도를 하셨지만 쉽게 나아지지 않았고 그런 나에 대한 걱정은 날로 커져만 갔다. 근데 그때 엄마가 내게 가장 많이 했던 말은 "엄마가 미안해"였다.

둘째 아들은 어려서 캐나다로 유학을 갔다. 엄마 품을 떠나 큰 내 동생은 일찍 철이 들었고, 떨어져 살면서 눈칫밥에 혼자 그 모든 걸 감당하는 힘을 길러냈다. 나도 가끔 그런 동생을 보면 안타깝고 마음이 아프다. 그런 둘째 아들을 바라보는 엄마의 마음은 또 어땠을까. 단순한 욕심으로 보냈던 캐나다가 아니라, 엄마도 동생도 살기 위해 보냈던 캐나다였지만 그 순간순간들을 건너

내면서 엄마가 짊어졌어야 할 부담과 아픔은 감히 나 따위가 헤아릴 수 없어 보였다. 몇 년 후에 동생이 잠깐 한국에 나왔고, 즐겁고 즐거운 시간을 보내다 다시 캐나다로 돌아가는 날, 엄마는 동생이 들어간 게이트 앞에서 풀썩 주저앉아 하늘이 무너져라 우셨다. 집으로 돌아오는 버스 안에서도 내내 그 눈물은 멈추지 않았고, 들리지 않는 아들을 향해 미안하다며 두드려도 시원해지지 않는 가슴을 주먹으로 끝없이 쳐대 가며 우셨다. 결국 그날, 위경련까지 일어났고 엄마는 그렇게 예쁘고 작은 둘째 아들을 다시 또 먼 곳으로 보내는 아픔을 참아냈다. 난 그때 엄마가 참 강하다고 생각했다. 그리고 아들들을 위해 희생하고 참고 견디는 엄마를 보는 것이 마음 아팠다.

그런 두 아들이 장성했다. 큰아들은 큰아들대로 멋진 자신의 길을 걷고 있고, 둘째 아들은 그 먼 나라에서 애니메이션 감독이 되었다. 그런데도 엄마는 우리에게 미안해하신다. 전화를 자꾸 걸어서 미안하다고 말하고, 제대로 도와주지 못해서 미안하다고 이야기하고, 대충 봐도 반찬이 많은데 반찬이 적어서 미안하다고 하신다. 드린 건 없고 받은 것뿐인데 엄만 늘 그렇게 말씀하신다. 우리가 지나온 길들을 걸어온 가장 결정적인 힘은 엄마가 평생 우리에게 보여주신 모습으로 삶 곳곳에서 숨 쉬고 있는데도 말이다. 엄마의 말투, 엄마의 행동력, 엄마의 생각, 엄마의 독서, 엄마의 결정, 엄마의 지원, 엄마의 따뜻한 밥 한 그릇, 오랜 시간 자신의 시간으로 보여준 엄마라는 교과서로. 우리를 가르치고 북돋우고 넘어지면 일으켜 세우셨다. 지금 우리가 있기까지 엄마 없이 생겨난 것이 하나라도 있을까. 지금은 엄마 손을 꼭 잡고 말씀드린다.

"미안해하지 마세요. 우린 엄마가 없었으면 이 자리, 이곳에서 이런 생각들을 하며 살 수 없었을 테니까요."

지금도 엄마는 책을 읽으시다가 마음에 드는 문구, 마음에 드는 페이지를 만나면 전화하신다. 그리고 내게 읽어주신다. 그래서일까, 나도 마음에 드는 문구를 만나면 사랑하는 사람에게 뛰어가 읽어주곤 한다. 내 모습에 깃들어 있는 엄마의 모든 모습이 나는 참 좋다.

누군가를 모방한다는 것은 누군가를 좋아한다는 말이다. 우리 모두는 그런 엄마를 사랑하고 있고 그런 엄마를 닮아간다. 이 세상 우리 삶을 이끄는 데 있어 엄마보다 위대한 교과서는 없다. 평생 엄마를 통해 얻고 배운다. 그리고 우리 모두는 그 교과서를 한 권씩 가지고 있다.

모든 걸 내어놓고도 자식들에게 미안해하시는 이 세상의 엄마들에게 그리고 이 글을 빌려 나의 엄마에게도 또 한 번 말씀드리고 싶다.

"사랑합니다."

Epi.31

상대방의
오늘만 보면
멀미한다

　　　　　　　　　사람의 욕심은 정말 끝이 없나 보다. 아이들
을 가르치면서 내가 느낀 것은 아이가 잘하는 모습을 보이든 못하
는 모습을 보이든 그것은 중요치 않고, 어른들은 모든 아이들에게
비슷한 기대수준을 만들어 놓은 채 아이들이 그것을 해내는지에
대한 기대감으로 바라본다는 것이다. 성격이 밝고 천진난만한 이
녀석에게도 그랬다. 하지만 나는 이 녀석을 볼 때마다 세상이 무
너지는 것 같았다. 아무리 해도 늘지 않는 녀석의 영어 실력 때문
에 답답했다. 곧 중요한 시험인데 이래 가지고는 이 녀석이 기본

점수도 받지 못할 게 뻔하고, 진도 속도는 도무지 답이 없어서 자꾸 다그치는 일이 잦아졌다. 단어를 외우는 일, 독해를 하는 일들을 포함해 스스로 시간을 내어 앞질러 나가는 아이들보다 더 노력해도 모자랄 판에 이 녀석은 세상 편하다. 나는 당장 녀석과 산더미처럼 쌓인 오늘 할 일들에 헥헥거리고 있지만 이 녀석은 도무지 따라오질 않는다. 혼내서 끌고 가자니 끝이 없고, 기다려 주자니 속이 탔다. 나는 이 녀석을 가르칠 때마다 스트레스를 받았고, 좀처럼 그 자리에 머물러 꿈쩍 않는 실력에 좌절했다. 가끔은 마음에도 없는 말이 먼저 나갔고, 녀석의 수준으로 최선을 다하고 있다는 걸 알면서도 나는 기다려 주지 못했다. 당장 아무것도 해내지 못할 것 같아 불안했다.

기다려 준다는 것은 힘든 일이다. 하지만 기다려 주지 않고 이루어지는 일이 세상엔 그렇지 많지 않다. 특히나 그 일이 우리 스스로 끝낼 수 있는 일이라면 혼자 최선을 다하면 되지만, 때로는 누군가를 통해 일을 도모해야 하고, 그렇게 해야만 그 사람이 성장할 수 있을 때는 더욱이 기다림이 필요하다. 아이들을 키우는 부모의 입장에서 자녀도 마찬가지다. 모두의 속도가 다르기 때문에 어쩌면 조금 덜 기다릴 수도 있고, 어쩌면 조금 더 기다릴 수도 있다. 하지만 부모의 조급한 마음은 '좀 더 빨리할 수 없어? 좀 더 잘할 수 없어? 좀 더 야무지게 할 수 없어?'라며 아이들을 보채기

시작한다. 아이들은 이제 겨우 걸음마를 시작하는데 주변에서 뛰는 친구들이 하나둘씩 생기면, 마치 저렇게 뛰는 것이 당연한 것처럼 여긴다. 인생의 기준은 늘 하향이 아닌 상향 평준화 되어서 내 앞에 있는 소중한 사람에게 조금 더를 요구한다. 하지만 오늘 상대방이 할 수 있는 일들은 정해져 있다. 그리고 내 앞에 있는 사랑하는 사람이 할 수 있는 양, 따라갈 역량도 정해져 있다. 우리 마음처럼 되지는 않는 것이다. 그것이 내가 아니라 특히 상대방이면 더 그렇다.

시간을 쪼개어 보면 내 삶도 그렇게 속도가 있지는 않았다. 어릴 적에 나는 공부를 곧잘 했다. 엄마의 기대에도 부응했다. 초등학교 때부터 반장 한 번 놓친 적이 없으니 웬만큼 두드러지는 학생이었다는 것이다. 하지만 중학생이 되면서부터 나의 속도는 현저히 느려지기 시작했다. 이것저것 딴짓들이 늘기 시작한 것이다. 공부보단 친구들과 노는 것이 더 좋았고, 연예인을 쫓아다니며 엄마를 힘들게 했다. 고등학생이 되면서는 인터넷 방송을 한다고 정신을 팔았으니, 그 하루하루를 지켜보는 엄마의 마음이란 말로 다 표현할 수가 없었을 것이다. 그리고 그때의 시간을 떠올리면 엄마에게 늘 혼났던 기억뿐이다. 나는 엄마에게서 "커서 뭐가 되려고 그러니?"라는 말을 가장 많이 들었다. 그리고 나도 그때 정말 '나는 커서 뭐가 되기는 할까'를 참 많이 고민했던 것 같다. 엄마는 지금

도 그때의 나를 생각나면 어질어질하다고 하신다. 그리고 그런 엉망진창인 나의 하루는 그 후로도 쭉 계속되었다. 한순간의 선택과 행동이 내 인생을 좌우할 것이라며 어머니는 나의 미래를 걱정했지만 결국, 말을 하는 강사가 되었고 누군가의 마음을 움직여 일을 하게 하는 컨설팅 일을 하게 되었다. 나의 순간에서 보이지 않은 합들이 만들어져 지금이 된 것이다. 그때 보이는 모습이 전부는 아니었던 것이다.

우리는 그 순간이 전부인 것처럼 살아간다. 좋은 날은 한도 끝도 없이 좋지만, 힘든 날은 땅을 파고 들어갈 만큼 힘들다. 그리고 그렇게 힘든 날은 꼭 우리의 모든 날이 이대로 끝나버릴 것 같은 불안함에 휩싸이게 된다. 어렸을 때는 공부하지 않는 내 모습에 엄마가 불안함을 느꼈고, 대학을 가서는 취직을 못하는 내 모습에 불안함을 느끼셨을 것이다. 당장 오늘의 우리 하루에서 결정되는 것들이 그렇게 많지 않음에도 우리는 불안에 떨고, 큰일 날 것 같고, 그렇게 끝나버릴 거라 생각한다.

많은 순간들이 모여서 인생이 된다. 그리고 한 발걸음 물러나서 보면 그 순간들이 조금씩 쌓여서 지금의 우리 모습이 존재하는 것이다. 그 속에는 수많은 기다림이 있었고 또 수많은 변화가 있었다. 하지만 때로 우리는 그 순간만 바라보면서, 상대방을 위축시키거나 큰일이 난 것처럼 굴거나 혹은 이대로 인생이 실패해버릴 거라는 상상을 하게 된다. 사실은 그 순간의 사실이 주는 정보보다도 그 순간의 정보에 근간한 우리의 상상력이 자신을 힘들게 하고 상대방도 힘들게 한 것이 아닌가 싶다. 지금 당장 공부를 못한다고, 지금 당장 취직이 되지 않는다고, 지금 당장 뭐가 이루어지지 않는다고 너무 우울해하거나 힘들어할 필요가 없다. 조금의 기다림이면, 너무 오늘만 바라보지 않으면, 우리는 견뎌낼 거고 반드시 무언가 이루게 되는 우리를 마주하게 될 것이다. 그래서 우리는 뭔가 이뤄내기 위해 애쓰는 사랑하는 모든 사람들을 조금 기다려 줄 필요가 있다. 나는 엄마 속을 꽤나 썩였지만, 지금은 꽤 괜찮은 아들이다.

마음을 졸이며 가르치던 녀석은 결국 내가 원하는 만큼의 결과를 이뤄내지 못했다. 답답했던 그 순간들이 결국 결과가 되어버렸다. 나도 실망했고, 그 녀석도 자신의 결과에 실망했다. "거봐라, 내가 너 그럴 줄 알았다"고 말하려 했지만, 그것도 상처가 될 것 같아 꾹 참았다. 근데 그랬던 녀석이 한참 후에 영어 선생님이 되어 나타났다. 임용고시를 통과하고 떳떳한 학교 영어 선생님이 된 것이다. 대학을 가고 나서도 꾸준히 자신의 속도에 맞춰서 공부를 했고, 남들보다 조금 더 늦은 나이에 통과했지만 결국 이뤄낸 것이었다. 그런데 나는 예전 그 녀석이 보여주는 속도, 그날 그 녀석이 보여주는 모습만으로 힘들어하고 녀석도 힘들게 했던 것이다.

그 녀석의 오늘만 보려 하지 않고 함께 좀 더 멀리 바라봐 주었다면 더 좋지 않았을까 싶었다. 생각해보면 내가 그리 애타 하지 않았어도 잘할 녀석이었다.

자판기에 300원을 넣고 커피가 나올 때까지 기다리라는 빨간 불을 무시한 채, 허리를 굽히고, 문을 열어놓고, 종이컵을 잡고 있는 나를 보면서 피식 웃는다. 내가 그 종이컵을 붙잡고 있다고 커피가 더 빨리 나오는 것도 아닌데 나는 그러고 있다. 굳이 허리를 굽히고, 그 안에 커피가 언제쯤 다 나오는지 들여다보면서 말이다. 사실은 그 잠시의 기다림 동안 웅크려 있던 몸을 두 팔 벌려 기지개를 키며 빨간불이 꺼지길 기다렸다면, 조금 더 맛있는 커피를 마시게 되지 않았을까 생각해본다.

사랑하는 사람에게서 오늘 당장 우리가 원하는 모습을 기대하기보다 조금만 뒤에서, 한 걸음만 뒤에서 응원하며 믿어주면, 당신이 사랑하는 그 사람은 분명 멋진 모습으로 인생을 살아나갈 것이다. 마치 배를 타거나 차를 탔을 때 어질어질 멀미를 하면 가까운 곳을 보지 말고 먼 곳을 응시하라는 말처럼 조금 먼 곳을 바라봐주어도 괜찮다. 오히려 상대방의 오늘만 보면 멀미한다. 조금 더 멀리 봐주면, 당신에게서 힘을 얻는다.

Epi.32

우리 사이엔
'정답'은 없다

우리나라 사람들은 유독 '우리'라는 말을 많
이 쓴다. 우리 집, 우리 학교, 우리 동생, 우리 엄마, 우리 회사, 명
사 앞에 늘 우리라는 단어를 붙여 '너와 내가 함께'라는 의미를 습
관처럼 붙여 쓴다. 우리라는 것은 나를 포함한 여러 사람을 의미
한다. 어디든지 속하고 싶은 너와 나의 마음이 그 자리에 누워있
다. 그런데 그 자리에 꼭 불편한 마음이 끼어든다. 내가 중심인 우
리이고 싶은 것이다. 그래서 우리가 원하는 정답을 정해놓고 우리
라는 울타리를 치고 싶어 한다. 하지만 그 울타리를 뚝딱뚝딱 만

들어가는 즈음에 문득, 한쪽의 힘만으로는 힘들다는 것을 느끼고 너와 함께한 우리였다가 순식간에 남이 된다. 너무나 쉽게….

내가 결혼을 했을 때, 선배들로부터 가장 많이 들은 이야기는 '초반에 기 싸움에서 이겨야 한다'는 말이었다. 마치 오래오래 전해져 내려오는 말인 것처럼 꼭 지켜야 원칙처럼 '지면 안 된다. 꼭 초반에 이겨야 평생 고생 안 한다'는 말을 흥분하며 내게 전하려 했다. 다만, 이 이야기를 해준 선배들 중에 이기고 사는 선배들은 단 한 명도 없는 것 같다는 게 함정이지만. 패잔병들의 아픔을 후배는 겪지 않았으면 하는 마음에서일까, 피가 튀도록 이야기들을 하지만 정작 본인은 사실 이미 '졌다'고 시인한다. 정말 이기고 지는 게 문제일까?

남자와 여자가 만나 부부가 되기까지 오랜 연애 기간을 거쳐, 서로 간의 정보탐색을 마치고 이 사람과 살아야겠다고 결정하는 일은 단순히 이기고 지는 문제가 아니라, 이제부터 함께할 긴 여행의 과정일 것이다. 싸워서 이길 수 있는 경기도 아니고, 그렇다 하더라도 이기고 지는 분명한 기준점이 있는 것도 아니라서 더욱 그렇다. 완전히 다른 삶을 살아온 두 사람이 만나, 서로의 인생을 이해받고 인지하고 양보하고, 또 어떤 것은 절대 양보할 수 없는 것들을 맞춰가는 일. 청사진도 없이 너무나 거대한 퍼즐을 하나씩 진행하다 보면 짜증도 나고 화도 나고 그저 그 순간이 즐겁기도 하다가 '아, 이런 그림이었구나!' 하고 깨닫는 시간들이다. 단지 같은 동그라미 안에 들어온 너와 내가 우리가 되는 과정에서 내가 중심인 동그라미를 만들고 싶다는 욕심이 우리를 그렇게 만든다.

나는 내 아내에게 기대가 참 많은 편이다. 나를 따뜻하게 안아 줬으면 좋겠고, 나에게 예쁜 말만 해주었으면 좋겠다. 어릴 적부터 외로움을 잘 느끼던 나였기에 그런 내 마음을 따뜻하게 안아주는 그런 아내가 되어주길 바랐다. 그런데 아내는 조금 달랐다. 시원시원한 성격이었고, 애정 표현에 능숙한 사람이 아니었다. 아무 생각 없이 툭툭 튀어나오는 말들은 나를 상처 입히기도 했고, 내가 진짜 바라는 것들을 이야기하면 2절, 3절 하지 말라며 내 입을 막았다. 하고 싶은 것이 많은 나를 이해해주길 바랐고, 나의 사고 방식과 오랫동안 가져온 나의 가치관들이 존중받기를 바랐다. 하지만 '내 아내라면 이래야 한다'는 나의 수많은 정답들이, 꼭 그래 주었으면 하고 정해놓은 답들이 산산이 부서져 가는 일들이 자꾸 벌어졌다. 나의 불평은 자꾸만 늘어갔다. 내가 원하던 동그라미의 모습이 아니었던 것이다.

아내는 묵묵히 자기 일을 해내는 사람이다. 표현은 하지 않지만, 뭐하나 빠뜨리는 게 없는 사람이고, 피곤한 몸을 이끌고도 꼭 밥을 차려주는 사람이다. 나도 늘 챙겨드리지 못하는 부모님들의 마음을 먼저 알아서 행동해주는 사람이고, 물건을 사면 버리는 게

없다. 욕심이 없어서 낭비를 하는 스타일도 아니고, 그저 모든 것들에서 소박한 즐거움을 아는 사람이다. 그리고 가족이 최고인 사람이다. 잔소리는 하지만 꼭 필요한 말만 하는 사람이고, 집안일을 도와주지 않는다고 불평하지 않는다. 사소하지만 정성이 들어가는 일들을 곧잘 하는 사람이다. 그리고 이 세상에서 나 하나만을 보고 살 수 있는 여자다. 그런데 나는 이 모든 것들을 버려두고, 내가 정해놓은 것들을 해주길 바랐다. 내가 아내를 힘들게 하는 셈이다. 우리 안에 모인 너를 바라보는 것이 아니라, 우리 안에 내가 원하는 너를 만들고 싶은 것이었다.

"그런 거 안 해줘도 돼. 그냥 표현 잘 해주고, 말 좀 조심해서 하면 안 돼?"

"정말? 내가 당신이 말하는 그런 걸 안 하면, 그것도 분명히 힘들 걸?"

아내의 말이 맞다. 내가 정해놓은 답들을 지금 원할 수 있는 이유는, 사실 내가 원하지 않아도 채워주는 아내의 다른 장점들이 있기 때문이다. 그래서 우리에게 필요한 건 정답이 아니라 해답이다. 풀어가야 할 많은 것들이 지나치면 그때 우리는 조금 더 서로를 아낄 수 있다. 그래도 가끔 나는 상처받는다. 하지만 아내는 나를 안고 "미안해, 안 그럴게" 말해준다. 그러면 나도 말한다. "아니야, 이건 내 잘못도 있어" 하나씩 나와 너였던 우리가 하나로 풀려가는 시간이다.

우리는 상대방에게 기대감을 가진다. '너는 최소한 나한테 이래야 해'라는 정답을 가지고서. 함께 정한 정답이 아닌 내가 정해놓은 정답을 가지고서 실망하고 아파한다. "진짜 너 나한테 이러면 안 되는 거 아니야? 우리 사이에 어떻게 이럴 수 있어?"라는 말은 내 기준에서 우리가 될 때 나오기 쉽다. 정해놓고 우리를 만들면 너와 내가 힘들어진다. 진짜 우리가 되어가는 과정에 하나씩 서로가 가지고 있던 것을 풀어내고 해답을 만들어가야 한다.

길은 어디로든지 이어져 있지만 어떤 길을 갈 것인지는 우리가 결정해야 한다. 어떤 길이든 걸어가면 목적지야 나오지만 때로는 목적지보다 그 여정이 더 중요하기에, 그 길을 선택하는 데 있어 우리는 많은 고민과 장벽을 마주하게 된다. 하지만 함께하는 인생에서도 길을 걸어가는 여행에서도 정해진 정답은 없다. 때로는 서로가 함께 풀어가는 정답이 없기에 모든 것이 더 다채로워진다.

여행을 가면서 하나부터 열까지 일정을 짜고 가는 투어가 생각보다 재미없는 이유는, 예상외의 일들이 잘 벌어지지 않기 때문이다. 이거 다음엔 이거, 이거 다음엔 이거, 도무지 다른 것이 끼어들 일이 없다. 남아있는 것은 늘 찾아야 했던 깃발과 핫 플레이스에서 찍어온 사진뿐이다. 반면 자유여행에서의 즐거움은 '어디에서 무엇을 본다, 무엇을 먹는다'는 것보다 무엇을 보러 가는 길에, 무

엇을 먹는 시간에 벌어지는 다양한 해프닝에서 얻어지는 게 아닐까? 여기서 더 머물고 싶으면 좀 더 머물렀다가 우연히 찾은 식당의 음식이 맛있었다면 어느 날엔가 한 번 더 찾으면서 그때 그 자리에 있는 우리가 만들어가는 해답이 추억이 되는 것은 아닐까.

그렇게 해답으로 만들어진 과정이 둘이 하나가 되는 결혼이 아닐까. 결혼은 '내가 이미 짝을 선택했으니 이제 이런 삶을 살아갈 것이다'라고 정해진 게 아니다. 결혼은 좋은 짝을 만나는 게 아니라 사랑하는 사람을 위해 좋은 짝이 되어주는 일이니까.

선배들은 진 게 아니라 져주고 사는 거라고 빡빡 우긴다. 어떤들 무슨 상관일까. 이기고 지는 경기도 아니고, 그 이야기를 하는 선배들의 모습에 웃음이 가득 담겨 있는데, 그것도 선배들이 만들어간 해답이다. 져주고 살든 지고 살든 그게 또 우리가 되는 과정이다. 우리 사이에 정답은 없다, 해답만 있을 뿐이다.

Epi. 33

모두
빛을 지고
살아간다

　　　　　　　　처음부터 내가 가지고 있는 것은 정말 하나
도 없었다. 태어나서 지금 우리의 모습으로 살아가기까지 스스로
얻었다고 생각했던 모든 것들도 결국은 혼자서 가져온 것들이 아
니었다. 누군가의 도움으로, 누군가의 말로, 누군가의 끈질김으로
우리는 진짜 우리의 모습으로 살아갈 수 있는 힘을 얻었다. 시험
을 치르기 위해서도 수많은 사람들의 가르침이 있었고 또 부모님
의 든든한 지원으로 준비할 수 있었다. 툴툴거리지만 친구들과 사
이를 유지할 수 있는 힘도, 건강한 몸도, 나름 개성 있는 외모도 우

리 것이 아니고, 우리 힘으로 얻은 것들도 아니다. 무언가 오롯이 우리의 힘으로 이뤄낼 수 있었던 것들은, 어쩌면 없다. 나 잘난 맛에 살아가는 나도, 곰곰이 생각해보면 누군가에 의해, 어떤 사람과 함께 그리고 사랑하는 사람들 사이에서 조금씩 빚어진 것이다.

철저한 아버지와 에너지 넘치는 엄마 사이에 태어나서 지금의 성격을 가질 수 있었고, 오랜 시간 동안 부모님의 뒷바라지로 하나씩 공부할 수 있었다. 나는 중학교 이후로 실패의 연속인 인생을 살았다. 학업도 별로였고, 교우관계도 특별한 몇몇을 제외하면 거의 없었다. 연예인을 쫓아다닌다고 부모님 속을 썩이기 일쑤였고, 대학에 와서도 학교, 집만을 왔다 갔다 하며 게임만 즐기는 실패자였다. ROTC도 떨어졌고, 중간에 시도한 편입도 실패했다. 무언가를 이룬다는 느낌을 가지고 살아본 기억이 많지 않다. 그러면서도 나는 조금씩 무언가 얻고 있었다. 결국 원하는 대학에 가게 되었고, 목숨보다 소중한 친구들이 내 곁에 있었고, 연예인을 쫓아다니면서 일찍 사회생활을 배웠고, 게임을 하면서 다른 방식으로 많은 사람들을 알고 만나게 되었다. 그리고 이런 모든 것들은 하나씩 내 안에 쌓여 결국 무언가 이루어내는 결과를 만들었다. 전부 허튼짓은 아니었던 것이다. 그렇게 처음 성공을 맛보기 시작한 나는 나 잘난 맛에 살았다. 언제 그랬냐는 듯이 자신감이 넘쳤고, 말 하나하나에 힘이 들어가기 시작했다. 한 번씩 주변 사

람들에게 훈계를 했고 '삶은 이래야 한다. 저래야 한다'며 까불기 시작했다. 세상에 무서운 게 없어진다는 느낌이 이런 거구나 싶을 정도로 손대는 것마다 이루어내기 시작했다. 자신감은 곧 잘난 척이 되었고, 잘난 척은 곧 내 모든 일의 뒷덜미를 잡기 시작했다.

도를 넘어 버린 것이다. 내가 아는 것이 아무리 많다 해도 모든 사람들에게 배울 것 역시 존재한다. 그리고 따지고 보면 혼자 이루어낸 것은 아무것도 없었다. 나는 내가 생각하고 추진해야 된다고 생각하는 방향에서 쉽게 의견을 굽히지 않았고 결국 팀장님께 대드는 일까지 벌였다. 내가 맞다고 믿었기에 패기 있게 밀어붙였다. 다행히 내 일은 성공적으로 마무리 되었다. 패기 있게 밀어붙인 결과였다. 하지만 주변 사람들은 그렇게 보지 않았다. 나는 자기 하고 싶은 대로 하고, 누구의 의견도 들으려 하지 않는 그런 팀원이 되어 있었다. 팀장님은 나를 불러 이렇게 말했다.

"결과가 좋아서 다행이지만, 때로는 과정이 그 결과를 무너뜨리기도 한다는 것을 알아야 한다."

나는 그 말을 들을 때도 몰랐다. 그 말이 무슨 의미인지. 하지만 시간이 흐르고 한 선배의 회사생활을 보고서야 내가 무엇을 놓쳤는지 알게 되었다.

그 선배는 가진 게 많지 않았다. 일을 할 때 두드러지지 않았고, 학자금 대출도 많아서 늘 생활에 허덕였다. 승진도 누락되어서 만

년 대리의 모습이었다. 얼굴도 잘생기지 않았고 목소리가 매력적이지도 않았다. 잘하는 게 딱히 없어 보였고, 말도 없고, 재치도 없어서 그냥 그런 선배였다. 누가 봐도 후배들에게 비전을 보여주는 그런 사람은 아니었던 셈이다. 그런데 내가 아파서 끙끙대던 어느 날, 신입이라 티도 못 내고 식은땀을 삘삘 흘리며 안절부절못하고 있을 때 선배는 아무렇지 않게 내게 와서 말했다.

"정리하던 거 나 주고 얼른 병원 갔다 와. 몸 아프면 너만 손해다."

뻔한 이야기인데, 그날은 그 말이 너무 고마웠다. 아침부터 말도 못하고 끙끙대던 나를 아무도 알아주지 않던 하루, 그래서 몸도 마음도 너무 아팠던 하루, 대뜸 찾아와서 내게 말을 건네던 선배의 모습이 아직도 눈에 선하다. 나는 거절했지만 선배는 단호하게 다녀오라고 했다. 그리고 빠른 걸음으로 주사를 한 대 맞고 왔다. 눈치가 보였던 시기였기에 30분도 안 돼서 돌아왔다. 그런데 그 사이에 선배는 내가 머리를 싸매고 있던 일들을 처리해 놓았고, 내가 어떤 부분을 잘못하고 있었는지 메모까지 해주었다. 그때 나는 "아! 세상에 이런 선배도 있긴 있구나" 했다. 그런데 알고 보니 이런 도움을 받은 것이 나뿐만이 아니었다. 이 선배는 늘 조용하고 뭐하나 두드러지는 게 없는 사람이었지만, 남들은 잘 보지 못하는 아주 작은 도움들을 성의 있게 사람들에게 행하는 사람이었다는 걸 시간이 흘러 알게 되었다. 비싼 밥은 사주지 못하지만, 그냥 묵묵히 자신의 커피를 타면서 후배 커피도 타주는 선배였고, 일을 두드러지게 하진 못하지만 꼼꼼하게 챙겨서 하는 사람이었다. 그냥 툭툭 "요즘 힘들진 않아?"라고 위로를 던지는 선배였고, 후배들이 실수를 하면 조곤조곤 어떻게 하면 되는지 방법을 알려주는 선배였다. 선배들에게도 미처 생각지 못한 도움을 주는 사람이었고, 그런 후배를 선배들은 많이 아끼고 좋아했다. 생활고에 허덕이지만, 두드러지게 일을 하지 않아 승진도 늦지만, 잘생기지도, 목소리가 매력적이지도 않고 기껏해야 커피 타주는 게 다고 누구나 줄 수 있는 그런 도움을 주지만 사소하게 우리들 곁에서 늘 힘이 되어주는 선배이자 후배였던 것이다. 우리 회사에서 이 선배에게 빚을 지지 않는 사람은 한 명도 없다. 마음적으로 또는 물질적으로도.

'이런!' 하는 생각이 들었다. 내가 만들어가는 세상에 나 혼자 이루어놓은 게 하나도 없다는 것을 알고는. 그 수많은 실패 속에서도 그 수많은 이룸 속에서도, 작고 큰 빚들이 쌓여 있었다. 고마워하고 감사해야 할 사람과 일들이 너무나 많았던 것이다. 그것도 모른 채 까불었으니 얼마나 사람들이 내 욕을 했을까 싶을 정도였다. 공부를 할 때에도, 취직을 하기 위해 자소서를 쓸 때에도 나는 많은 사람들에게 빚지기 시작했던 것이다. 너무나 많은 도움을 받

앗음에도, 나는 그것이 스스로 해낸 거라고 믿고 있었다. 그 흔한 말 한마디 고맙다는 말조차 누군가에게 잘 하지 않았다. 내가 나라는 사람이 되기 위해 사람들에게서 받은 수많은 빚에 대한 신용불량자였다. 부끄러웠다.

선배는 많은 사람들에게 빚을 지우며 살고 있었다. 의도한 건 아니지만 누구나 선배에게 고마운 마음을 품고 있었다. 그리고 보이지 않던 그의 매력은 결국 그가 힘들고 어려웠을 때 빛을 발했다. 선배의 아버지가 돌아가시던 날, 나는 이 사람이 얼마나 많은 사람에게 사랑받고 있는지, 얼마나 많은 사람들에게 자기가 가진 작은 것들을 나누며 살고 있는지 온몸으로 느낄 수 있었다. 나는 수많은 사람들이 아파하고 있는 선배를 안아주는 모습을 봤다. 그는 가진 게 참 많은 사람이었다.

우리는 얼마나 사람들에게 빚을 지우며 살고 있을까? 우리가 가지고 있는 것이 크든 작든 얼마나 사람들과 나누고 있을까? 그리고 또 얼마나 수많은 사람들에게서 도움 받으며 빚지고 있을까? 어쩌면 지금 우리가 가진 게 없어도 나눌 게 많다는 이야기고, 또 우리가 어떤 모습이건 우리는 너무나 많은 사람들에게 고맙다고 말해야 할 빚을 지고 있는 게 아닐까.

휴대폰을 꺼내 들고 낯간지러운 문자를 보내고 싶어진다.

"고마워, 너무너무."

Epi.34

남겨진
사람들을
위하여

상현이는 나랑 같은 재수생이었다. 밝고 건강했고 특유의 에너지가 넘쳤다. 꿈도 많았다. 틈만 나면 모여 앉아 서로의 길에 대해서 이야길 나누다가 밤을 새울 정도였다. 같은 과목을 들을 때면 항상 팀을 꾸려 같이 준비했고, 나와 발표 호흡도 잘 맞았다. 군대도 비슷한 시기에 갔고 여러모로 공통점이 많았다. 자전거 타는 것을 좋아하고, 여행 다니는 것을 좋아해서 곧잘 사라지긴 했지만, 그래도 대학생활을 오랫동안 같이, 아주 작은 것부터 큰 것까지 공유한 유일한 친구였다. 동기들이 있었지만 대부분 동생들이었고 상현이는 동갑이라 더 큰 우정을 느꼈던 것 같다. 그러던 어느 날, 여느 때와 같이 침대에 누워 채널을 이리 저리 돌리고 있는데 전화가 왔다. 동기 동생들 중에 한 명인 현진이었다. 현진이는 왠지 긴장된 목소리였고 어딘가 모르게 떨리는 목소리였다.

"오빠, 놀라지 말고 잘 들어요."

"응, 말해. 얘가 뭘 말하려고 이렇게 분위기를 잡아?"

"······."

"현진아, 말해도 돼."

"있잖아요, 있잖아요···."

"말하라니까!"

"······ 상현이 오빠가 죽었어요."

"응? 뭐라고?"

"상현 오빠가 자전거 여행 갔다가 낭떠러지로 떨어졌대요. 지금 장례식장이에요."

"어쩌다가? 왜? 아니, 왜?"

"자전거를 타고 내려오다가 낭떠러지로 떨어졌는데 아무도 발견을 못했나 봐요. 3일이나 지나서 발견됐대요."

믿기지 않았다. 불과 5일 전에 이제 곧 호주로 워킹 홀리데이를 갈 거라며 들떠 있던 상현이었다. 가서 영어도 더 공부하고 사

람들 사이에서 고군분투 해보겠다며 신나 있었다. 그런데 더 이상 존재하지 않는다니…. 너무 이상한 기분이었고 믿기지 않았다. 서둘러 옷을 입고 장례식장으로 갔다. 이미 동기 동생들이 자리를 꽉 메우고 있었다. 그리고 상현이는 사진 속에서 속절없이 나를 보며 웃고 있었다. 상현이는, 내 친구 상현이는 떠났다. 꿈에 부풀어 무엇이라도 해보겠다는 에너지가 넘치던 상현이가 외롭게 낭떠러지 아래서 얕은 숨을 쉬며 버티다가 혼자 갔을 것을 생각하니 울음이 터졌다. 늘 웃음을 주던 상현이 곁을 지키며 우리들은 모두 펑펑 울었다.

며칠이 지나 우리는 다시 일상으로 복귀했고, 평소와 같이 수업을 나갔다. 아이들이 하나둘씩 의자를 채우고 수업 준비를 하고 있을 때 교수님께서 들어오셨고, 교수님은 출석부를 들고 이름을 하나씩 부르면서 체크를 했다. 중간쯤 불렀을 때 아이들은 대답을 하다가 깜짝 놀랐다.

"정상현."

"……."

"정상현, 안 왔어?"

"……."

나도 아이들도 아무 말을 못했다. 평소처럼 "지금 오는 중이에요, 오늘 안 왔어요"라고 말하고 싶어도 그럴 수가 없었다. 그렇다고 해서 우리 입으로 상현이가 우리 곁을 떠났다고 말씀드리기도 힘들었다. 그때부터였다. 상현이는 깜짝깜짝 우리 곁으로 다가왔다. 같이 준비하던 발표 수업, 상현이가 맡아서 해야 했던 부분에 대한 자료, 상현이가 빌려주었던 노트북, 상현이와 함께 가기로 했던 엠티, 술자리에 모이면 앉던 상현이의 지정석, 상현이의 사물함, 상현이의 책, 학과 건물 앞에 놓여있는 상현이의 오토바이…. 너무나 많은 상현이의 흔적들이 우리 곁에 있었다. 우리는 일상에서 깜짝깜짝 놀라며 상현이가 더 이상 우리와 함께 없다는 것을 실감해야만 했다. 그렇게 길지 않았던 2년 동안 여기저기에 상현이의 흔적이 너무 많았다. 졸업을 하던 그때까지 상현이의 흔적들이 우리를 슬프게 했고 상현이를 떠올리게 했다.

　나는 그때 깨달았다. 그 언젠가 내가 죽으면 내가 남긴 흔적들 때문에 남겨진 사람들이 힘들 수 있겠다는 것을. 우리가 살아가는 방향과는 반대로, 그런 모습들이 '남겨진 사람들을 아프게 할 수 있겠구나'라는 생각을 했다. 사람은 살면서 자신의 흔적을 여기저기 남기길 바라고, 자신이 어떤 역할을 하기를 바라고, 그 안에서 뚜렷한 자신의 위치를 만들기 위해 노력하며 살아간다.

　카드결제를 할 때마다 자신의 사인을 하고, 본인의 통장을 만들고, 본인의 물건들을 쓰고 그것을 다른 사람들과 공유하고 함께 만들어가면서 우리의 삶을 꾸민다. 여길 가도 우리의 추억이고 저

길 가도 우리의 추억이다. 우리가 살면서 가져온 모든 흔적들이 내 주변 사람들 삶 곳곳에 남아있다. 함께할 때 '행복'이라 일컫는 수많은 기록이 우리 곁에 있는 것이다. 이별하고 나면 슬픔으로 자리 잡을, 이별하고 나면 아픔으로 자리 잡을 수많은 것들이 우리 주변에 있다.

　이별은 사람과 사람이 만나 만드는 마지막이다. 이제 떨어져서 나누어진다는 의미다. 하지만 어디까지나 물리적일 뿐 우리의 삶에 그려진 기억들은 우리 곁에 살아 숨 쉰다. 어떤 이별이 좋은 이별일까? 사람이 만나는 것만큼이나 어떻게 헤어지느냐도 중요하다면 어떤 이별이 우리에게 필요할까. 내게 늘 조언을 해주는 선배는 '미련을 두지 않는 것'이라 답했다. 그리고 미련을 두지 않게 하기 위해 우리는 우리의 삶을 조금씩 정리하면서 살 필요가 있다고 했다. 너무 많은 흔적들은 남겨진 사람들에게 수많은 미련을 만들기 때문이라고. 떠난 사람이 마치 당장이라도 문을 열고 들어올 것 같은 느낌, 어제 전화한 사람이 오늘도 전화를 할 것 같은 느낌이 자꾸만 드는 이유는 그 사람이 남겨놓은 흔적에서, 전화기에 남아있는 그 사람의 전화번호가, 그 사람이 입던 옷이, 수건이, 우리에게 미련을 갖게 하기 때문이다. 그리고 그 미련은 우리를 아프게 하고 힘들게 한다. '산 사람은 살아야 한다'는 말이 냉정하지만 시름에 빠져있는 삶을 건져 올릴 수 있는 이유는, 아마도 떠나버린 사람에게서 미련을 떨치라는 말이기 때문일 것이다. 그래서 살면서 우리 뒤에 남아 힘겹에 다시 일어나야 할 남아 있는 사람들에게, 이별을 맞이한 우리 모두에게, 조금 더 빨리, 조금 더 단단하게 일어날 힘을 주기 위해 조금 덜 미련을 가지도록 조금씩 우리의 삶을 정리하면서 살아가야 할 필요가 있다. 우리 뒤에 남겨진 사람들을 위하여.

Epi.35

'가르치는' 사람보다 '가리키는' 사람이 필요하다

처음 운전면허를 따고 아버지가 내 옆자리에 앉았다. 운전하는 내 모습을 한참 동안 보시더니 아버지는 내게 운전할 때 중요한 게 딱 두 가지가 있다고 말씀하셨다. 첫째는, 언제나 운전을 할 때는 길을 잘 보고 목적지까지 안전하게 가는 것이었고, 두 번째는 옆에 앉아 있는 사람이 출발하는 줄 모르게 출발하고 서는 줄 모르게 설 수 있으면 된다는 것이었다. 그리고 운전하는 내내 '깜빡이를 켜라, 주행속도를 지켜라, 속도위반 하지 마라'와 같은 다른 말씀은 전혀 하지 않으셨다. 나는 운전을 아버지에게서 그렇게 배웠다. 그것뿐일까? 우리는 많은 것을 배우며 성장한다. 부모님으로부터 글자, 숫자, 세상이 돌아가는 방식, 나의 사고방식, 교과서, 책, 텔레비전, 우리 주변에 놓여있는 수많은 것들을 배우고 익힌다. 그리고 그 과정에서 우리가 배워왔던 것은 주로 방법에 대한 것들이었다.

취직을 준비할 때 가장 두려웠던 것은 '도대체 나는 언제 직장인이 될 수 있을까?'였다. 열심히 하면 된다는 보장이 있다면, 그게 점수처럼 눈에 보여서 이렇다 저렇다 정답이 존재해준다면 얼마나 좋을까 하는 생각을 많이 했다. 취준생들을 위한 카페에서 전설처럼 들려오는 여러 가지 이야기는 남의 이야기 같았고 절대로 나의 이야기가 되지 않을 것만 같았다. 가장 내면에 가라앉아 있는 부끄럽고 창피한 나 자신을 마주하는 느낌이라 성공한 사례들을 보는 일이 썩 기분 좋지만은 않았다. 하지만 그들 역시 나와 같은 시간을 거치며 끊임없이 노력하다 결국 합격되었다는 통보를 받고 기뻐하는 사람들이었다. 수많은 글에서 '어떻게 했더니 취직이 되었다. 적어도 기본적으로 이 정도의 스펙은 필요하다'라는 말들을 자랑스럽게 이야기했고 꼭 마지막에 아직 취직하지 못한 우리들에게 던지는 응원의 메시지로 글을 끝내곤 했다. 그런 합격수기를 읽을 때면 그들이 한없이 부러웠고 '넌 도대체 나랑 뭐가 달라서 취직했니?'라는 생각이 머릿속에 치밀었다. 그리고 말미에

적어둔 그들의 응원이 응원처럼 느껴지지 않았다. 그런 글들은 나와는 상관없는 일처럼 느껴지고, 위로도 되지 않았다. 그래도 나는 그 안에서 무언가 합격을 위한 '방법'이 있지 않을까 계속해서 글들을 뒤졌다.

우리는 어떤 문제에 맞닥뜨렸을 때 그 문제를 해결할 방법에 대해 고민한다. 어떻게 하면 이 상황을 극복할 수 있을까? 어떻게 하면 더 나은 내가 될 수 있을까? 어떻게 하면 아이를 잘 키울 수 있을까? 어떻게 하면 저 사람의 마음을 얻을 수 있을까? 바로 '어떻게'의 마법에 갇히게 되는 것이다. 하지만 실상 누군가에게 물은 '어떻게?'는 우리의 문제를 해결하지 못한다. 방법이란 모든 사람들에게 다르게 다가오기 때문이다. 저 사람의 방법이 나의 방법이 되는 일은 잘 일어나지 않는다. 그 사람만의 방법이지 우리 자신의 방법은 아니기 때문이다. 그 사람이 여기저기 상처받으며 얻은 방법이기에 '어떻게 하면 된다'는 배움은 쓸모없는 경우가 많다. 그래서 어릴 적 수능 만점을 받은 친구들의 책을 아무리 읽어도, 그대로 했더니 수능 만점 나왔다더라는 이야기는 들어본 적이 없는 것도 같은 이유에서일 것이다.

나는 세상에서 내 동생을 가장 부러워했다. 어린 나이에 이미 자신의 길을 걸었고, 그에 관련된 일을 했기 때문이다. 더욱이 동생은 자신이 하고 있는 공부를, 일을 너무나 사랑하고 있었다. 사

랑하는 일을 만났다는 것이 그 세상 어떤 것보다 샘이 났다. 나도 그런 일을 하고 싶었다. 동생은 자신이 사랑하는 일을 너무나 잘 해냈고 아카데미 감독상까지 받았다. 나는 동생에게 물었다.

"어떻게 하면 너처럼 내 일을 더 잘할 수 있을까?"

그런데 동생의 대답은 조금 허무했다

"그게 방법이 있나? 그냥 어떤 방향으로 나아갈 뿐이야. '잘할 수 있을까?'보다 '잘 가고 있는가?'가 더 중요해."

동생의 경우엔 그 방향을 알려준 사람이 있었다. 동생이 책 귀퉁이에 그려놓은 그림을 보고 담임선생님께서 "그림을 그려보는 게 어떻겠니?"라고 제안하신 것이다. 그 선생님은 미술 전공이었지만 그 후에도 동생에게 '그림을 어떻게 그리면 된다'라는 말을 하지 않았다. 하지만 동생에게 그림을 그린다는 것에는 여러 가지 길이 있다는 것을 꾸준히 보여주셨다. 동생은 결국 그 안에서 자신의 길을 선택했고, 한 걸음 한 걸음 나아간 것이다. 자신만의 방법을 만들면서.

생각해 보면 우리 주변에 성공을 했다는 사람들은 '누구처럼 했다'가 아니라 스스로의 방법을 깨우치는 사람들이 많았다. 그리고 그런 사람들의 특징은 누군가로부터의 방법에서 수많은 방향을 발견하는 힘이 있었다. 동생은 방황하는 나에게 '형의 길을 찾기 위해선, 또 그 일을 잘하기 위해선 이래야 해 저래야 해' 말하지 않았다. 방법을 가르쳐 주기보단, 나아갈 방향을 가리켜 준 것이다. 하지만 우리 주변에 수없이 그 방향을 가리키는 사람들이 많음에도 우리는 방법만을 구하다가 그 방향을 잃어버리곤 한다.

그 후로도 나의 서류들은 100번을 넘는 거절을 당했다. 그리고 나서야 조금씩 내 방향이 보였다. 내가 진짜 하고 싶은 이야기가 뭔지, 내가 지원하는 당신의 회사에 기대하고 있는 것은 무엇인지 그리고 그 안에서 내가 가고 싶은 방향은 또 무엇인지를 말할 수 있게 되었다. 143번째 나는 지금의 회사를 만났다. 그리고 지금도 내가 어느 방향으로 걷고 있는지 단단히 알고 있다.

내가 가고자 하는 방향이 맞는지 틀렸는지는 인생에 마지막에서 혹은 그 길 끝에서 판단할 수 있을 것이다. 하지만 무엇보다 중요한 것은 그 올바른 방향을 향해 걸어가는 여정에 사람들에게서 또 우리 스스로와의 대화에서 우리가 가고 있는 길의 방향에 대해 묻고 또 물어야 한다는 것이다. 그 과정 속에서 단단한 방향성을 가질 수 있다면 우리의 인생이 실패로 흘러가는 가능성은 줄일 수 있을 것이라 생각한다.

인생에서 수많은 장애물을 만나게 된다. 사람에게서, 일에서, 나의 진로에서 그런 일을 맞이하게 되었을 때, 사랑하는 사람을 가르치지 말고 사랑하는 사람과 어떤 방향을 가리켜야 하는지, 일이 어떤 방향으로 나아가야 하는지, 나의 미래는 또 어떤 길이 있

는지 고민하고 움직이는 순간이 필요하다. 그리고 더 필요한 건 그렇게 막막할 때 우리에게 가르치는 사람보다, 가리키는 사람이다. 그러면서 우리는 만들어진다.

Epi.36

우리는
충분한 값을 치르며
살고 있다

한 노부부는 크루즈를 타고 여행을 떠나는
것이 평생의 꿈이었다. 작은 쌀 한 톨부터 먹고 싶은 것, 하고 싶은
것들을 아끼고 아껴서 드디어 크루즈 여행의 티켓을 구했다. 무려
365일간 다양한 나라를 돌아다니는 꿈의 크루즈 여행이었다. 세
상 그 어떤 사람들보다 행복해하며 들뜬 마음으로 한 걸음 한 걸
음 크루즈에 올랐다. 배 위에는 지금까지 자신들이 살아온 세상과
는 너무나 다른 세상이 펼쳐져 있었다. 드넓은 대양, 부부를 향해
웃는 온화한 미소의 선원들, 무언가 여유가 있고 행복해 보이는

사람들, 처음 보는 산해진미, 안락한 침대와 전망 그리고 한 번도 보지 못한 다양한 볼거리, 놀거리들이 있었다. 하지만 너무나 많은 것들이 있었기에 오히려 더 불행했던 것은 그들은 가난했고 가진 게 없었기에 크루즈 티켓 값만을 겨우 마련한 여행이었다는 사실이다. 눈앞에 보이는 저 온화한 미소들도 부부의 것이 아니었고 산해진미도 먹어볼 수 없었다. 당연히 돈이 없었기에 다양한 놀거리, 볼거리도 즐길 수 없었다. 그저 방 안에서 먼 바다를 바라보며 아무것도 먹지 못하고 쫄쫄 굶고 있었다. 그러다 결국 아내가 쓰러졌다. 영양실조였다. 구급팀이 방으로 몰려왔고 아내를 흔들어 깨우며 물었다.

"괜찮으세요?"

"어지러워요."

"영양실조입니다. 왜 아무것도 드시질 않습니까?"

"……"

"아니, 드셔야 기운을 차리시지요. 뭔가를 드셔야 합니다!"

가만히 상황을 지켜보던 남편은 의사에게 조심스럽게 이야기했다.

"사실 저희는 티켓 값을 마련하기 위해 전 재산을 썼습니다. 여기에 있는 것들을 사 먹을 돈이 없어요."

의사는 멍한 얼굴로 부부를 쳐다보았다. 그러더니 잠시 후 크게 웃으며 말했다.

"영감님, 여기에 있는 모든 것들이 그 티켓 값 안에 포함되어 있는 거예요!"

노부부는 배 안에서 누릴 수 있는 모든 것들에 대한 비용이 티켓 값 안에 다 포함되어 있다는 사실을 몰랐던 것이다. 그래서 눈앞에 있어도 내 것이 아니라 여겼고 즐길 수도, 맛볼 수도 없었다.

어쩌면 우리 삶도 그렇다. 애써서 얻은 일자리에서 내가 할 수 있는 것이 무언인지를 몰라 아파한다. 어렵게 얻은 아이에게 어떤 사랑을 주어야 할지 모른다. 끝없는 썸 끝에 온 마음을 주고도 모자랄 그 혹은 그녀를 만났지만 서로에게 어떤 사람이 되어주어야 좋은 것인지 모른다. 무언가 대단한 것을 해주어야 하고, 무언가 의미 있는 행동을 해야만 누릴 수 있고 행복을 느낄 수 있다고 생각한다. 하지만 세상에 대단한 일이라는 것은 그렇게 많이 우리 앞에 찾아와주지 않는다. 지금 주어진 이 상황에서 당장 내 눈앞에 있는 모든 것들을 즐기고 또 가져갈 수 있음에도 우리는 그 행복이, 그 즐거움이 남의 것인 줄만 안다. 우리가 그 자리에 있기까지 수많은 희생을 치르고 또 그에 맞는 값을 치러서 얻은 그 티켓을 들고도, 지금 당장 무엇을 즐길 수 있고 무엇을 할 수 있는지에 대해서 무지하다. 결국 아파하고 모든 것을 잃고 나서야 바보같이 깨닫는다.

이미 우리 주변에 있었다. 하나씩 해내갈 수 있었고 만들어 갈 수 있었다. 아무것도 할 수 없다고 생각하는 그 찰나, 사실은 모든 것을 할 수 있는 순간이기도 했다. 하지만 우리는 그것을 위한 또 다른 대가가 있을 거라고 믿는다. 그리고 행복을 유보한다. 우리가 가진 그 티켓에, 지금 있는 자리에서 행복해할 수 있는 충분한 자격이 있음에도 바보같이 모르고 있다.

노부부는 영양실조까지 겪고서야 그것을 깨달았다. 무릎을 탁 치며 왜 물어보지 않았을까 생각했다. 하지만 그것도 잠시 남편은 아내의 손을 꼭 붙들고, 이 모든 것을 즐길 수 있다는 것만으로도 행복해했다. 일단은 가장 맛있는 것부터 양껏 먹었다. 로브스터도 먹고, 회도 먹었다. 진귀한 공연을 보며 와인도 마셨고, 아내가 평소에 비싸서 먹지 못했던 스테이크도 끼니때마다 먹었다. 밤마다 크루즈에서는 불꽃놀이가 벌어졌고, 커다란 수영장에서는 수영도 마음껏 즐길 수 있었다. 각 나라를 지날 때마다, 그 나라의 문화공연도 볼 수 있었다. 별을 이불 삼아 잠들고, 해를 램프 삼아 일어나는 그런 호화로운 생활의 연속이었다. 그런데 그런 생활도 오래가지 못했다. 시간이 흐르자 남편과 아내는 힘들어했다. 그토록 신기했던 공연도 그게 그 공연 같고, 혀를 살살 녹인 수많은 산해진미도 이젠 지겨웠다. 수영장은 좁았고, 불꽃놀이는 식상했다. 모든 것들이 따분하다고 느껴지자 만사가 귀찮아졌다. 그랬더니 지

금까지 겪지 않았던 멀미가 밀려왔고, 현기증으로 이어졌다. 심한 날은 배탈이 나 하루 종일 화장실에 있어야만 했다. 365일 중 이제 겨우 100일 남짓 진행된 크루즈 여행이 지겨워졌고 힘들어졌다. 즐겁지도 재미있지도 않았다. 그만두고 싶어졌다.

대부분이 그렇다. 처음 사랑을 시작할 때 나는 이 사람만을 사랑하고 살 수 있을 것만 같다. 꿈꿔왔던 차를 샀을 때 나는 이 차만 평생 타겠다고 마음먹는다. 힘들게 돈을 모아 산 가방도 마찬가지다. 아이를 가지기 위해 노력하던 부부가 드디어 첫째를 맞이했을 때 가진 행복은, 욕심과 부딪히면서 수백 번도 넘게 지옥을 경험한다. 그토록 원하던 취직을 했지만 늘 복사만 하고, 선배들 뒤치다꺼리만 하고 있는 자신을 보며 이직을 고민한다. 저것만 이루면, 저 사람과만 함께하면 모든 것이 이뤄질 거라고 믿지만 막상 이루어지고 나면 더 많은 어려움이 우리 앞에서 우리가 진짜 이것을 원했는지 시험한다. 그리고 그 와중에 우리는 멀미를 한다. 모든 것이 식상해지고 재미없고 의미 없다. 모든 것이 그 자리에 있는데도 우리는 지금 내가 이 자리에 있으면 안 되는 이유를 찾는다. 그렇게 아프고 또 아프다 보면 포기하고 싶어지고 그만두고 싶어진다. 값을 지러놓고 더 이상 행복하지 못한 우리를 발견한다.

하지만 멀미가 난다고 해서, 현기증이 난다고 해서, 모든 것이 식상하고 지겨워진다고 해서 크루즈에서 뛰어내리는 멍청이는 없다. 그것은 딱 한 가지의 결과만이 기다리고 있기 때문이다. 포기는 그런 것이다. 힘들다고 해서 그만둬버리는 것, 지겹다고 해서 멈춰버리는 것. 지금 내가 이 배에서 뛰어내리는 것이 정말 내가 원하는 답인지를 이 배가 도착하고 내가 내릴 수 있는 상황이 올 때까지 고민해보아야 한다. 그리고 진짜 포기해야 할 순간을 기다리는 것도 인생에서는 필요하다.

부부는 결국, 다시 방 안으로 돌아왔다. 배고프지 않을 정도로 최소한의 것을 먹었다. 더 이상 공연도 보고 싶지 않았고, 불꽃놀이도 보지 않았다. 그저 방 안에 앉아있었다. 그러다가 이야기를 시작했다. 처음 만났던 이야기, 첫 번째 아이를 가졌던 이야기, 남편이 아내를 속 썩인 이야기, 아내가 서운했던 이야기, 남편이 다시 직장을 구했던 이야기, 지난 수십 년간 함께 해온 시간을 하나씩 꺼내 들어 웃고 울면서 이야기하고 또 이야기했다. 그러면서 조금씩 알게 되었다. 그 오랜 시간 서로가 서로를 너무나 사랑했다는 것을. 그리고 그 깨달음은 다 가볼 수 없을 만큼 컸던 크루즈가 아니라, 많은 것을 누릴 수 있는 저 호화로운 홀이 아니라, 바로 이 작은 방 안에 있었다. 노부부는 다음 목적지에서 내리기로 했다. 크루즈 여행을 통해 너무나 많은 것을 얻었기 때문이다. 아쉽지 않았다. 그리고 부부는 인생의 크루즈가 자신이 일생 동안 일궈온 집에 있다는 것을 알게 되었다.

우리는 이미 우리 인생에서 크루즈를 타기 위해 수많은 값을 치렀다. 하지만 여전히 우리의 자리에서 우리가 감당해야 할 수많은 역할들이 때로는 사소해 보이고 작아 보여서 힘들다. 때로는 너무나 많은 것들이 맡겨지고, 해내야 해서 아프다. 왜 이렇게 힘들까, 왜 이렇게 아플까 하는 생각들이 머릿속으로 밀고 들어오면 모든 것을 놓아버리고 싶어진다. 머리가 지끈지끈 아프다. 다른 곳에 탈출구가 있을 거라 생각하지만, 이렇게 되면 모든 것이 해결될 것 같지만 그것은 진짜 탈출구가 아닐 가능성이 더 크다. 당신이 타고 있는 크루즈를 위해 이미 충분한 값을 치렀다. 이제 그 안에서 당신이 무엇을 누리고, 무엇을 가져가고, 무엇을 먹으며 어떻게 시간을 보낼지 선택하는 순간들이 남았다. 충분하다 싶으면 내려도 된다. 그 안에서 당신은 반드시 현기증이 올 것이고 지겹고 짜증도 날 것이다. 심지어 잘못 탔다는 생각도 들 것이다. 하지만 그럼에도 여전히 화려한 공연들이 있고, 맛있는 것들이 있고, 하늘엔 별이, 끝없는 바다가 그리고 편안하게 누워 잘 당신의 방이 있다. 무엇보다 당신이 사랑하는 사람이 지금 옆에 있다. 누릴 수 있는 행복을 양손에 쥐고서도 다른 것을 생각하며 배에서 뛰어내리는 것은 멍청한 짓이다.

우리는 우리만의 충분한 값을 치르며 살고 있다. 그래서 당신이 행복할 이유가 너무 많다.

Epi.37

나를 만드는 건
결국
너였다

2015년 나는 너무나 힘든 시기를 보냈다. 누군가 나를 보고 '죽어라, 죽어라' 하는 기분이었다. 새로 시작한 팀의 일은 도무지 적응되지 않았다. 지역별로 선정하여 3개월에 한 번씩 컨설팅을 위해 사업처를 옮겨 다닌다는 것은, 3개월에 한 번씩 일면식이 없는 사람들을 만나야 한다는 전제를 두고 있었다. 더 힘겨운 건, 컨설팅이라는 업 자체의 특성이 환영받지 못한다는 것이었다. 전략적으로 컨설팅을 받는다는 것은, 그 지역이 일이 어렵다는 또 다른 반증이기도 했기 때문이다. 그래서 3개월에 한

번 다른 지역으로 옮기면 사람들은 우리 팀을 전혀 환영하지 않았다. 오히려 '너희는 왜 온 거냐'는 눈빛을 보냈고, 앞에서 대답도 하고 웃고도 있지만 진심이 아닌 일들이 많았다. 그래서 아팠고 힘겨웠다. 물론 조금 시간이 지나, 우리 팀이 어떤 마음인지 또 그 사람들의 마음은 또 어떤 마음인지를 확인하고 나서 서로를 좋아하게 되고 의지하게 되는 관계가 되었지만, 그럼에도 힘겹기는 매한가지였다. 그렇게 만남의 스트레스와 함께 3개월마다 헤어짐을 겪는다는 것도 힘이 들었다. 아쉽고 안타깝고 그리웠다. 그렇게 나는 3개월씩 옮겨 다니며 너무나 많은 사람들을 만났고, 울고 웃으며 시간을 보냈다.

2016년의 나는 어떨까? 조금은 편해졌을까? 전혀 그렇지 않다. 이번엔 사업부까지 옮겼고, 더 많은 사람들을 만났으며 심지어 팀원도 늘었다. 신경 써야 할 사람도 늘었고 해야 할 일도 더 늘었다. 2015년에 태어난 조카 덕에 벌써 수아, 수연이 두 명의 이모부가 되었고, 책 출판을 진행하는 덕에 너무나 좋은 출판사 식구들을 만나게 되었다. 그 밖에 달라진 점은 거의 없다. 여전히 똑같은 집에서 살고 있고, 같은 회사를 다니고 있다. 상황이 크게 달라진 게 없다. 2015년의 나와 비교해 본다면 달라진 것은 내가 만나는 사람들이다. 매일 보던 사람들을 뜸하게 보는 경우가 생겼고, 뜸하게 보던 사람들 중에 매일 봐야 할 사람들이 생겼다. 하루를 보

내고, 한 달을 보내고, 일 년을 보내면서 만나는 사람들이 더 다양해졌다.

고작 1년인데도 진짜 변화는 사람들로 인한 나의 변화였다. 다른 사업부에서 일하는 사람들을 만나 전혀 다른 것들을 배워야만 했고, 난생 처음 내는 책이어서 어떤 글이 좋은지 또 내가 바뀌어야 할 부분은 무엇인지, 어떤 글로 꾸려갈 것인지를 배웠다.

꼭 새로운 만남만이 가르침을 주는 것은 아니다. 오랫동안 나의 팀장님이었던 분은 부문장이 되셨고, 더 큰 그림에서 나에게 여러 가지 가르침을 주었다. 아내는 결혼 2년 차 아이 같은 남편에게 많은 것들을 알려주었고, 그 안에서 많은 것을 서로 배려하며 배워갔다. 한 친구는 싸워서 멀어졌고, 어떤 친구와는 멀어졌다가 다시 가까워지면서 우정의 소중함을 느꼈다. 지금까지 만나오던 사람에게서 좋은 소식을 문득문득 듣고 기뻐하며 그 사람들의 삶으로부터 하루를 끌어가는 자세를 배웠다. 각자의 자리에서 먹어가는 나이만큼 늘어나는 식견들이 나에게로 넘어왔고, 덕분에 나는 조금씩 성장할 수 있었다. 분명 2015년의 나보다 2016년의 나는 다르다.

우리는 무엇으로 달라질까? 늘 같은 사람이기 때문에 정체되어 있는 걸까? 꼭 새로운 만남만이 의미가 있는 걸까? 그렇지 않다. 그들이 살아가는 1년과 1달과 하루가 성큼 우리 앞에 다가오면,

우린 또 그들의 하루와 한 달과 일 년에 맞춰 성장한다. 그때 그날
의 그 사람은 우리도 처음이니까. 어느 광고의 카피처럼 사람이
사람을 키우는 것이다.

우리는 살면서 얼마나 많은 사람들을 만날까? 스쳐가는 인연부
터 깊어지는 인연까지. 그 수많은 만남을 통해 깨닫고, 이해하고,
상처받고, 아파하는 것이 우리의 피할 수 없는 삶이고, 그렇기에
또 성장할 수 있는지도 모른다.

'나'를 만드는 것은 결국 '너'였던 셈이다.

Epi.38

"보고싶다"는 말은
듣기에도 하기에도
참 좋다

괜스레 아침부터 기분이 꿀꿀했다. 비는 축축하게 내렸고, 날은 어두웠다. 엎친 데 겹친 격으로 오늘은 월요일이다. 아직 잠에서 깨어나지도 못한 채 부어오른 몸뚱이를 이끌고 집을 나섰다. 출근길에는 멍한 상태로 그 어떤 것도 또렷하게 보이지 않았고, 늘 가던 길을 기계적으로 걸어서 회사에 도착했다. 또각또각 소리가 사방에서 들려오고, 사람들의 말소리가 귓속을 어지럽혔고, 주말 동안 쌓아놓기만 했던 일들이 숨 막히게 나를 덮쳐오고 있었다. 하지만 일이 손에 잡히지 않는다. 오전을 어떻게 보냈는지도 모르겠다. 누군가 부르면 자동으로 대답했을 뿐이고, 도무지 손에 잡히지 않는 일들은 머릿속에서만 날아다녔다. 비가 오기 때문일까? 아니면 월요병이 도진 걸까? 문득문득 처져 있는 나를 발견하면서 이유를 찾아 헤매어 보지만 딱히 떠오르지 않는다. 그렇게 하루를 보내고, 퇴근하는 순간까지 난 온종일 희망이라고는 하나도 없는 사람처럼 터벅터벅 겨우 걸으며 집으로 향했다. 시대가 지난 노래들이 이어폰에서 흘러나오고 나도 흘러가버린 사람처럼 느껴지다가 시간을 확인하려 휴대폰을 꺼내 들었는데, 갑자기 친구들이 떠올랐다. 너무나 친했던 친구들, 아무 이야기나 떠들어도 밤을 지새울 수 있었던 나의 사람들, 바쁘고 지치고 해야 할 일들만 하고 살다가 어느 순간 자연스럽게 멀어져버린 나의 친구들. 너무나 뜬금없이, 술 한잔 마시지도 않았는데 미친 듯이 그리웠다. 그리고 그 그리움을 이겨내지 못하고 화면을 밀어올리고 보고 싶은 사람에게 전화를 걸었다. 신호음이 울릴 때 받으면 뭐라고 이야기할까, 어색하진 않을까 온갖 상상이 순식간에 몰아치다가 딸깍 소리와 함께 어릴 때와는 달리 조금 굵어진 목소리, 아니면 나처럼 지쳐있는 목소리가 전화기 너머로 들려왔다. 나는 대뜸 이야기했다.

　"보고 싶었어."

　힘들고 지친 날은 더 그렇다. 사람들이 그리워지는 날, 서로

간에 어떤 요구도 없이 이런저런 이야길 떠들고 싶은 날, 마음껏 상사 욕을 하면 나보다 더 심하게 그 상사를 욕해주는 내 사람들에게 전화를 걸고 싶은 날이 있다. 그럴 때면 걸음을 멈추고 사랑했던 사람들에게, 보고 싶었던 사람들에게 전화를 걸고 싶다. 내 휴대폰 연락처에는 400명이 넘게 등록되어 있음에도 그 순간 전화를 할 수 있는 사람은 많지 않다. 아무리 연락처를 뒤적거려도 쉽게 떠오르지 않고, 있다고 해도 선뜻 통화 버튼이 눌러지지 않는다.

'지금은 너무 늦었나? 요즘 안 좋은 일이 있다던데… 지금은 밥 하고 있으려나?'

전혀 알 수 없는 상대방의 상황을 상상하면서 결국 전화기를 내려놓는 일도 많다. 그리고 어떻게 찾아 전화를 걸면 반갑게 음성사서함이 맞아주는 날도 허다하다. 그러다 딸깍 하고 보고 싶었던 사람이 전화를 받으면, 막상 하고 싶은 말은 못하고 헛소리만 잔뜩 하다가 끊는다. 하지만 왜일까, 헛소리만 잔뜩 했는데 마음이 편안해진다. 집까지 남은 발걸음에 그 사람과의 추억을 떠올린다. 그냥 내게 보고 싶은 사람이 있다는 것과 또 보고 싶은 사람의 목소리를 들었다는 것만으로도 위로받는다. 마음이 따뜻해진다.

어릴 적 우리는 만남에 자유로웠다. 모두와 친구가 될 수 있었고, 아무하고도 친구가 되지 않을 수 있었다. 오늘 처음 본 친구와

즐거운 게임도 가능했고, 전학으로 친구가 떠나면 엉엉 울며 슬퍼했다. 매일 도시락을 같이 먹으며 서로의 반찬을 탐냈고 "숙제 했냐?"라는 말 한마디에 우월감을 느낄 수 있는 때였다. 집으로 오가는 길도 스펙터클했다. 방향이 같은 친구들끼리 가방 들어주기라도 하는 날이면, 목청껏 가위바위보를 외쳐가며 그 순간을 모면하기 위해 노력했고 그 안에 깔깔거리는 우리의 웃음소리는 온 동네를 시끄럽게 했다. 헤어질 때 "안녕"이라는 말 안에는 진짜 안녕하라는 말이 담겨 있었고, 만날 때 "안녕"에서 '오늘 우리 안녕하자'는 마음을 담을 수 있었다. "갈래?" 이 한마디로 함께할 수 있었던 그 시간에, 우리는 많은 사람들을 사귀었고, 많은 인연들도 만들었다. 지금과는 조금 다르게.

지금은 그때보다 훨씬 많은 사람들 사이에서 관계를 맺으며 살아간다. 아니, 휩쓸린다. 지하철 안에서 지옥을 경험하고, 도로 위에서 주차장을 경험한다. 수백 명이 몰려있는 회사에서 고개만을 움직이는 소박한 인사로 눈빛을 교환하고, 끝없는 회의에 회의를 거치며 일을 한다. 같은 프로젝트를 5개월씩 같이 하고, 같은 부서에서 5년 넘게 같이 일한다. 그런데 아쉽게도 우리는 그 안에서 보고 싶은 사람들이 별로 없다. 오늘 보고 내일도 봤으니 보고 싶지 않은 게 아니라, 영영 떠나도 보고 싶은 사람보단 보지 않아도 괜찮을 사람들이 더 많다. 앞에 두고도 메신저를 쓰고, 다른 부서의 사람들과는 서류로 만나는 게 전부다. 각자의 삶에서 시간에 쫓겨 좁아지는 관계라 오히려 더 많이 만나고 더 많은 시간을 공유함에도 만남이 자유롭지 않다. 보이지 않는 예의를 지켜야 하고, 선후배 사이에 엄연한 선과 격식이 있다. 해서는 안 되는 말, 해도 되는 말이 나누어져 있고 친해질 수 있는 한계도 보이지 않지만 존재한다. 서로 다가서기 힘들다. 그리고 그 안에서 두려워하는 나를 발견했다. 그리고 그 두려움이 잦아들었을 때 누군가와 만난다는 사실이 조금 아니, 많이 귀찮아졌다.

혼자서 할 수 있는 것들이 많아서인지, 우리는 혼자인 게 조금씩 익숙해져 간다. 간단하게 편리하게 스마트하게 관리한다. 만나지 않아도 상대방의 삶을 들여다볼 수 있고, 목소리 듣지 않아도 대화할 수 있는 세상에 살면서 만남도 편해져 버렸다. 그것만으로 충분하다고 여긴다. 하지만 위로가 되지는 않는다. 바쁜 세상에 떠밀려 얼굴 한번 진득하게 보지 못하고 지나간 이야기를 신나게 나누지 못하고, 오늘 아팠던 마음을 진심으로 나누지 못한 우리들의 마음은 조금씩 고장이 난다. 그리고 그럴 때 우리는 이유 없이 누군가 보고 싶어지고 그리워진다. 한 번도 궁금해하지 않았던 친구들의 소식이 궁금해진다. 그 순간 '나는 외롭지 않아, 혼자가 아니야'를 확인받고 싶어진다. 나는 그럴 때마다 전화기를 꺼내 든다. '예전엔 참 여기저기 전화할 데가 많았는데….'라는 생각이 들

지만 그럼에도, 누군가의 목소리가 듣고 싶어 대뜸 전화를 건다. 전화를 받든 받지 않든 상관없다. 그렇게 나는 혼자가 아니라는 것을 확인하고 싶다. 그리고 그 작은 행동 하나가 나를 따뜻하게 만든다.

"보고 싶었어."

그럼 상대방은 내게 물어온다.

"무슨 일 있어?"

물어와 주는 그 말이 고맙다. 아무 일도 없지만, 내게 물어오는 "무슨 일 있어?"라는 말이 나를 위로한다. 아직 내가 보고 싶다고 이야기할 수 있는 사람이 있다는 게 웃음 짓게 만든다.

"사랑해 보고 싶어"라는 말은 "사랑해, 보고 싶어"가 되기도 하고 "사랑, 해보고 싶어"가 되기도 한다. 어디서 떼어 쓸지는 우리가 선택할 수 있다. "보고 싶다"는 말은 듣기에도 하기에도 참 좋다.

Epi.39

믿어주는 것도
힘이다

말과 눈빛이 다르다. 그 사람이 하고 있는 말은 "응, 믿을게"인데, 그 사람이 보내주는 눈빛은 '믿을 수 있게 해줘봐'이다. 하지만 지금 내가 보여줄 수 있는 것들이 없다. 그저 애절한 마음을 담아 '나를 좀 믿어줄 수 없겠니?'가 전부다. 아직 아무것도 이루어지지 않았을 때 혹은 크나큰 실수를 해버려 되돌릴 수 없다고 느껴질 때, 사실은 그게 아니라며 그 사람에게 호소했다. 조금만 날 믿어달라고 부탁했다. 입술이 바싹 마르고 식은 땀이 흘러내리는 그 순간에, 그 사람은 고개를 푹 떨궜다. 그리고 마지못해 대답했다. "알았어, 믿어줄게" 하지만 그 목소리에서조차 그 사람은 내게 말하고 있었다. '믿게 해줘야 믿지' 나는 그 사람의 마음을 온몸으로 감당해내야 했다. 결국 한 사람의 믿음을 얻지 못하는 내 자신을 탓해야 했고, 원망해야 했고, 좌절해야 했다. 그 후로도 그 사람은 날 믿지 못했다. 우리는 그렇게 멀어졌다. 믿지 못하는 사람과 믿음을 받지 못하는 사람 사이는 그렇게 보이지 않는 선을 그어놓고 점점 더 멀어진다.

불만은 늘, 다른 사람과의 비교에서 시작되었다. 따지고 보면 나도 모자랄 게 없는데, 엄마는 곧잘 주변 사람들과 나를 비교했다. 나는 책을 읽어도 부족한 아이였고, 옆집 아이는 만화책을 달고 살아도 독서에 재능이 있는 아이였다. 친구들 이야기를 하며 "그 친구도 이거 해요, 저거 해요" 이야기하면 돌아오는 말은 "걔네들은 그거 해도 자기 할 거 잘하잖아"였다. 나도 못하는 편은 아니었음에도, 엄마한테 신뢰를 얻기 위해 모든 것을 설명해야 했다. 그래도 잘 믿어주시지 않았다. 그때마다 오히려 "네가 믿게끔 행동해야 내가 믿지"라는 말이 돌아왔다. 하지만 가끔은 믿게끔 해도 잘 믿어주지 않았다. 시험을 잘 친 날, 엄마에게 신이 나서 자랑을 했더니 엄마는 잘했다는 말에 한마디를 더 붙이셨다.

"아들, 혹시 시험이 쉬웠니?"

세상이 무너지는 기분이었다. 어떻게 해도 나는 안 되는 놈이었다.

믿음의 속성은 카멜레온보다 더 자주 색깔을 바꾼다는 것이다. 사랑하는 사이에서, 직장 선후배 사이에서, 모든 사람들과의 관계에서, 믿음은 늘 다른 모습을 가지고 있다. 그리고 다양한 색에서 우리가 믿을 수 있는 속성을 골라내고 판단한다. 시간을 보내다가, 어떤 부분에서 '참 믿음직스럽네'라는 생각이 들면 그때부터 우리는 그 사람에 대해서 믿기 시작하고 관계가 깊어진다. 사실 문제는 바로 '어떤 부분'이다. 주변에 있는 많은 사람들은 다양한 기준에서 관대하거나 혹은 예민하다. 그런데 그 하나의 기준이 모두 다르다. 나는 은근히 좀 늦어도 그러려니 하고 기다리는 성격이고, 그것이 그 사람을 판단하는 데 있어 큰 기준이 되지 못한다. 나도 가끔 말도 안 되는 상황을 만나 늦는 경우들이 있기 때문이다. 하지만 아내는 다르다. 시간을 지키는 것은 신뢰의 척도이고, 그것을 어긴다는 것은 일부분 자신을 무시하는 거라 느낀다. 결국 신뢰의 기준이 되는 것들은 지극히 주관적이고 결국 상대방을 알아야 그 믿음을 확보할 수 있다는 이야기이기도 하다. 문제는 그것을 알고 그 사람의 마음을 얻기란 여간 힘들지 않다는 것이다. 결국, 우리는 쉽게 사람을 얻기도 하고 잃기도 한다.

상황은 조금 더 쉽게 믿음의 속성을 바꾼다. 부모가 아이를 바라볼 때 아이에게 가지는 믿음은 조금 극적인 경우가 있다. 오늘

부모의 기분이 좋을 때는 아이가 TV를 보거나 게임을 해도 용서가 된다. '그래, 우리 아이는 한다면 또 하니까 지금은 놀아도 괜찮아'라며 믿어준다. 하지만 부모의 기분이 언짢은 날은 공부를 열심히 하고 난 아이를 봐도 '너는 어쩜 그렇게 공부를 안 하니'라는 잔소리를 하게 된다. 아이의 입장에선 억울하다. 믿어주는 게 아니라, 믿어주고 싶을 때 믿어주는 것만 같다.

어느 날 애니메이션 채널을 돌리다 바보 같은 주인공을 한결같이 믿어주는 '도라에몽'이라는 이름의 고양이 로봇을 발견한다. 도라에몽은 어리숙한 진구를 돕기 위해 미래에서 온 로봇이다. 진구는 어리숙하고, 게으르고, 노력하지 않으며, 툭하면 말썽을 일으키는 바보 같은 아이였다. 하지만 그런 진구를 도라에몽은 판단하지 않는다. 걱정하고 조언하고 진구가 할 수 있을 거라고 믿어준다. 또 배에 있는 주머니에서 '어디든지 가는 문, 대나무 헬리콥터, 암기식빵' 등등 무수한 미래의 물품을 꺼내놓으며 진구를 응원하고 돕는다. 퉁퉁이에게 맞고, 비실이에게 놀림 당하는 진구지만, 늘 믿어주는 도라에몽이 있기에 내일을 살아갈 수 있는 힘을 가지게 된다. 나는 진구가 부러웠다. 신기한 물건을 쓸 수 있어서가 아니라 도라에몽 같은 존재가 늘 곁에 있다는 것만으로도 진구는 앞으로 잘될 수밖에 없고 행복할 수밖에 없겠다는 생각에서다. 진구가 도라에몽에게서 받는 믿음의 속성은 변하지 않는다. 진구가 실

수를 해도, 진구가 조금 부족해도 늘 그 자리에서 도라에몽은 응원한다. 그리고 그 믿음의 힘으로 진구는 조금씩 성장한다.

믿음은 우리 스스로가 만들어가는 것이 맞다. 오랜 시간을 통해서 행동으로, 말로, 인생으로, 스스로의 이미지를 만들어가는 것이, '저사람 믿어도 괜찮겠다'라는 마음을 주는 말이 틀렸다는 것이 아니다. 실수가 반복되거나 바로잡으려는 의지가 없다면, 신뢰를 얻기 힘들다. 다만, 그 믿어주는 입장에서 너무 주관적이고 또 그 모든 기대를 충족한다는 것이 쉽지는 않은 일이라는 것을 알아야 한다. 흔히 "믿을 수 있게 해줘야 믿지"라는 말은 반대로 믿을 만한 행동을 하지 않으면, 널 절대 믿지 않겠다는 말과 같은 의미가 된다. 하지만 믿을 수 있는 행동을 하는데 안 믿는 사람은 없다. 누가 봐도 청렴하고, 누가 봐도 성실하고, 누가 봐도 완벽한 그 사람을 믿지 못한다는 것은 말이 안 된다. 믿을 수 있을 때 믿는 행동은 누구나 할 수 있다는 이야기다. 따지고 보면, 그 완벽하고 성실한 사람, 누가 봐도 믿을 만한 그 사람도 많은 실수와 깨달음, 실패를 겪으면서 만들어진 모습이다. 그리고 그 많은 과정 속에서, 그럼에도 그 사람을 믿어준 사람들이 있기 때문에 이제야 누구나 믿을 수 있는 사람이 된 것이다.

믿음에는 조건이 아니라 기다림이 필요하다. 믿음은 주어진 상황에서 그 사람의 행동에 따라 만들어지는 경우가 많긴 하지만,

사랑하는 사람에게서 무조건적인 믿음을 받는 사람들은 더 깊은 자존감을 형성하게 된다. 우리는 불완전한 존재이기 때문에 누군가의 믿음의 힘이 필요하다.

우리는 실수를 많이 한다. 자신의 입장에서 어떤 것들은 중요하지 않을 수도 있다. 그래서 사랑하는 사람에게서 신뢰를 잃기도 한다. 하지만 신뢰라는 것은, 믿는 것은 조건이 충족되었을 때, 믿어줄 수 있을 때 믿어주는 것이 아니다. 믿어줄 수 없는 상황에서도 한 번 더, 누가 봐도 저건 아니다 싶은 상황에서도, 고통 받고 있는 사랑하는 사람에게 딱 한 명이라도 믿어줄 수 있는 사람이 되는 게 믿음이다. 그건 사랑하는 사람에게 기회가 되고 희망이 된다. 그리고 그 한 명이 그 사람의 인생을 바꿔주기도 한다. 믿어주는 사람이 많은 사람들은, 실패에 조금 더 빠르게 극복할 수 있는 힘이 생긴다.

지금 우리 주변에는 수많은 '도라에몽'들이 있다. 신기한 물건은 없지만, 환상적인 타이밍에 나를 믿어주고 지지하고 도와준다. 그리고 우리는 사랑하는 사람들을 통해 성장하고 있다. 조건을 달고 믿어주는 것이 아니라 너라서, 나라서, 우리라서 믿어주는 힘이 필요하다.

믿어주는 일은 믿어주는 사람에게도 믿음을 받는 사람에게도 힘이 된다.

너는
나의
홈런이다

2008년 8월 23일 뜨거운 여름날, 대한민국
사람들은 텔레비전 앞으로 모였다. 나도 친구들과 삼삼오오 모여
호프집에 자리를 잡고, 치킨을 시켜놓은 채 대기 모드에 들어갔
다. 그날은 베이징 올림픽 야구 결승전, 쿠바와의 경기가 있던 날
이었다. 류현진 선수의 호투로 3:2를 8회까지 이어올 수 있었고,
딱 한 회만 잘 견뎌내면 우리나라가 금메달을 목에 거는 순간이
었다. 그런데 9회 말 류현진 선수가 안타를 맞고, 쿠바 선수의 보
내기 번트로 2루까지 주자가 나가 있는 상황이었다. 우리는 그때

'질 수도 있겠다'는 생각을 슬금슬금 하기 시작했다. 두 손을 모으고 "제발!"을 외쳐대며 이기라고 목청껏 응원했지만 심판도 이상한 짓을 하기 시작했다. 분명 스트라이크 존에 공이 떨어지고 있는데도 스트라이크 판정을 해주지 않았고, 급기야 볼넷으로 만루 상황을 맞이하게 되었다. 순간 '아, 졌구나' 생각했다. 감독의 지시로 국가전을 많이 해온 정대현 선수가 구원투수로 올라왔지만, 타자는 쿠바의 구리엘이었다. 호프집에선 모든 사람들의 간절함이 타고 흘러 정적의 순간까지 맞이했다. 그리고 투 스트라이크를 던져놓은 선수의 마지막 공에 구리엘 선수의 배트가 정확히 맞지 못했고, 유격수 박진만 선수가 땅볼을 처리하고 2루 아웃, 이어서 1루 아웃, 구리엘의 병살타로 대한민국은 세계 야구의 정상에 오르며 금메달을 목에 걸었다. 얼마나 외쳐댔나 모르겠다. 목이 쉬도록 대한민국을 불렀다. 짜릿했고 그들의 승리가 자랑스러웠다.

대부분 공으로 하는 스포츠는 공이 들어가야 점수가 난다. 축구도 농구도 공이 그물을 흔들고 출렁일 때 마침내 점수를 얻게 된다. 공이 게임의 중심인 것이다. 선수들이 공 하나만 바라보고 이리 뛰고 저리 뛰고 있을 때 우리는 시선을 쫓아 아슬아슬해 하며 스포츠를 즐긴다. 공이 어디에 떨어지는지 알아야 하고, 이 공을 누군가한테 넘겨야 하는지 고민한다. 그런데 야구는 조금 다르다. 구기 종목 중 거의 유일하게 공이 아닌 사람이 들어가야 점수

가 난다. 공보다는 선수들의 움직임이 승패를 좌우한다.

야구에서는 혼자서 점수를 내는 일이 힘들다. 홈런을 치거나 아니면 투수와 끊임없는 눈치 싸움을 통해 도루를 해야 한다. 결코 쉽지 않다. 뛰어난 타자도 자신의 안타와 다른 선수들의 안타가 만나 서로를 밀어내면서 점수를 획득하게 된다. 아직 홈까지 달려야 하는 개인의 노력이 필요하지만, 가끔은 출루해 있는 상황에서 홈런이 터지면, 나 혼자가 아니라 모두가 점수를 내는 쾌감을 맛보기도 한다. 다른 사람의 재능으로 내가 점수를 내는 상황인 것이다. 야구는 1:1의 싸움이자 한 사람이 모두를 상대하기도 한다. 투수에게는 세 번의 스트라이크와 네 번의 볼로 실수와 기회 안에서 승부수를 띄울 틈이 주어지고, 타자는 일정 기준으로 빗맞는 공들을 파울 처리하고 계속해서 기회를 가진다. 1:1의 상황에서 타자가 1루를 나가도 아직 끝난 것이 아니다. 아직 그라운드에서 내려오게 할 여러 가지 방법이 있다. 그중 다음 타자의 병살은 나 아닌 다른 사람으로 인해 모든 것을 잃어버리는 상황을 만든다. 딱 우리 인생이 그렇다.

인생은 야구와 많이 닮아 있다. 홈런이 쉬운 일이 아닌 것처럼, 혼자만의 힘으로 점수를 내기란 쉽지 않다. 다른 누군가와 함께하고 배우고 가르치고 익히면서 우리 인생에서 점수를 내야 할 때가 많다. 한 번의 실패로 모든 것을 망치는 게 아니라 꽤 여러 번의 기회가 우리 앞에 나타나고, 때론 실수를 하기도 하지만, 그게 오히려 전화위복이 되기도 한다. 한 번의 성공을 이룬다 해도, 여전히 여정은 끝난 것이 아니다. 누군가로 인해 모든 것을 잃기도 하지만, 오히려 누군가로 인해 지금의 우리가 만들어진다.

인생이라는 다이나믹한 스포츠의 주인공은 역시 공이 아니라 사람이기 때문에 9회 말 2아웃까지는 알 수 없다. 사람이 중심이기에 조마조마하고 아슬아슬하지만, 언제나 늘 사람이기 때문에 모든 상황이 역전될 수도 있다. 사람이라 힘들지만, 사람이어서 희망적이다.

나는 이제 3회 초를 맞이했을 뿐이다. 아직 점수가 날 수 있는 가능성이 너무나 무궁무진하고, 얼마든지 질 수도 있는 상황이다. 배트를 들고 투수의 눈을 응시하면서 몸에 힘을 넣고 그 공에 딱 맞춰 세상을 향해 계속해서 한 걸음 한 걸음 내딛고 있다. 20대였던 2회에 점수를 냈지만 아직 부족하다. 누군가를 통해 점수를 내기도, 누군가로 인해 아웃되기도 했다. 온몸에 힘을 주고 타석에 올라서기도 했지만 사실 가끔은 서 있는 것만으로 힘들다. 어떻게든 나아가야 한다는 부담이 나를 힘들게 할 때, 앞으로 나아가지 못하고 2루에서 아웃될거라는 생각이 머릿속을 지배할 때, 뒤에서 딱! 소리가 나면 나는 뛰어야 한다. 그로 인해 또 한 번 내 인생에서 점수를 맞이할 기회를 맞이할지도 모르기 때문이다.

우리는 지금 몇 회쯤 왔을까? 우리는 타자일까, 투수일까, 수비일까? 아님 1루에 진출해 있을까? 홈인을 코앞에 두고 전력질주하고 있을까? 어느 순간이든 상관없다. 우리는 그때 그 자리에서 누군가와 함께하며 순간의 역사를 만들고 있다. 단지 나의 위치와 너의 위치가 나누어져 있고, 그 안에서 서로가 서로를 위한 일들을 의식적으로 혹은 무의식적으로 하나씩 해내고 있다. 그렇게 우리 인생의 점수들이 만들어진다.

물론 그 길은 험난하다. 장애물들이 보란 듯이 길을 막아서고, 그럴 때마다 어떻게 해야 할지 몰라 당황하기도 하고 헛스윙을 해서 아웃되기도 한다. 지금의 우리로선 아무것도 할 수 없을 때, 이길 수 있는 방법 따위도 보이지 않고 마법이라도 부려야 될 것만 같다. 상대방은 나보다 더 빠르고, 판단력이 좋고, 건강하며 심지어 젊다. 도저히 내가 어떤 상황이 되더라도 점수를 내기는 힘들어 보인다. 그때 우리는 지치고 무기력해진다. 그만 포기하고 싶다. 우리는 이런 상황을 가끔 만난다.

혼자였다면 포기할 일들이 얼마나 많을까? 엄마의 잔소리, 선생님의 가르침, 친구들의 조언이 우리를 붙잡고 다시 일으켜 세우지 않았더라면, 어땠을까? 그들 덕분에 생각지도 못한 곳에서 다시 힘을 얻는다. 순간의 목표가 공이 아니라 사람이라서 인생이라는 경기의 판도가 바뀌는 것이다. 번트가 나오고, 안타가 나오면

서 어느새 나는 홈인을 앞두고 있다. 이제 겨우 나왔는데, 아직 갈 길이 너무 멀다고 생각했는데, 뒤에 있는 녀석이 홈런을 땅! 때렸다. 또 내가 때린 안타와 홈런에 그 녀석이 앞으로 뛰어간다. 넘어질 수도 있겠지만 서로를 또 일으킬 것이다.

사람에게 위로도 받지만, 여전히 사람에게 상처도 받는다. 우리 주변엔 누군가로 인해 아파하는 사람이 많다. 어렵게 구한 직장을 그만두고, 하루 종일 일이 힘겨운 것도, 아픈데 돈을 벌러 나가는 일, 하기 싫은 일을 억지로 하는 이유도, 오늘 자고 밥을 먹고 나로서 살아가는 이유도, 다 누군가와의 관계 때문이다. 이것만 아니면 상처받을 일도, 위로받을 일도, 아파할 일도, 덜할 것이다. 하지만 혼자가 아니라서 행복한 비명을 지르는 순간들도 많다. 처음 태어난 우리 아이를 만나는 날, 결혼을 하기 위해 프러포즈하던 날, 군대 가서 엄마에게 처음 전화를 걸던 날, 맛있는 걸 먹고 사랑하는 사람이 생각나는 날, 무엇인가 이룬 날, 사랑하는 사람이 있어서 무언가를 함께할 수 있다는 것만으로도 행복을 느낀다.

2008년 그날 밤, 우리가 그토록 뜨거웠던 이유는 사람들 사이에서 벌어진 경기에서 마지막까지 각자의 몫을 다하며 스스로에게, 서로에게 희망을 걸고 포기하지 않은 대한민국팀의 힘이 보여서가 아니었을까.

그들과 함께하며 소리 질렀던 우리를 돌아보면 문득, 그동안 내가 혼자 해낸 일이 무엇일까 곰곰이 생각하게 된다. 혼자 해낸 일은 거의 없다. 나와 전혀 상관 없는 사람들의 이야기를 보며 눈물을 흘리기도 하는 것처럼, 상대방이 속삭이면 나도 모르게 똑같이 속삭이는 것처럼 우리의 인생은 옆에 있는 사람, 함께 있는 사람에게서 늘 영향을 받는다. 그로 인해 좌절하기도 하고 그로 인해 웃기도 하지만, 결국 우리는 함께 세상을 헤쳐나간다.

그렇기에 당신이 있어서 감사하다. 당신이 특별해서가 아니다. 당신이 완벽해서도 아니다. 가끔은 당신도 누군가를 아프게 하고 힘들게도 하겠지만, 그래도 당신이 있어 우리는 또 힘내서 살아지는 것이다. 사람만이 답이다. 우리의 존재가 홈런이다. 당신으로 인해 누군가의 인생은 역전의 기회를 얻는다.

THANKS TO (덕분에)

밤이 내려 앉은 날, 조용히 서재에 앉아서 책
을 마무리하는 글을 씁니다. 막상 마무리를 지으려니 어떤 말을
해야 할지 고민이 됩니다. 글을 쓰는 일을 시작하면서 너무나 많
은 일들이 있었습니다. 스스로 마음의 치유도 했고 시간들을 다시
되돌아 볼 수 있었습니다. 강의를 하는 날이면 강의장에 들어가기
전 기도를 했습니다. '부디 나의 짧은 지식으로도, 조금 더 좋은 무
언가를 꿈꿀 수 있는 시간이 되게 해주세요'라고. 작고 초라한 제
가 누구 앞에 서서 다양한 이야기를 풀어 나간다는 것은, 때론 너

무나 부담되는 일들이었습니다. 하고 싶은 말을 다 하지 못하고 내려온 적도 많고, 하지 말아야 할 말을 한 적도 많습니다. 제 강의에 상처를 받은 분들도 많을 거고, 또 작게나마 무언가를 얻어가신 분들도 있을 테고요. 하지만 진짜 많은 것을 얻은 건 제 이야기를 듣는 청중이 아니라, 늘 이야기하고 있는 저였습니다. 한 번의 만남으로 많은 것을 배우고, 깨닫고, 이야기를 하다 보면 제 안에서 깨우쳐지는 것들이 너무 많아서 행복했던 순간들이 참 많습니다. 글을 쓰면서도 똑같았습니다. 그동안 묵혀 왔던 저의 이야기들을 하나씩 하나씩 꺼내다 보니, 하나도 저 혼자 이루어낸 것이 없었습니다. 분명 그 당시 감사할 만큼 감사했다고 생각했는데, 지금 와서 돌이켜 보니 더 감사할 일들뿐이었습니다. 아주 작은 일에서부터 아주 큰 것까지 정말 다 모두들 덕분이었습니다. 감히 제가 이 글을 빌려 제 글을 읽어주는 모든 분들께 드리고 싶은 메시지는 다시 한 번, 덕분에, 혼자였으면 하지 못했을 일들을 해낼 수 있었다고 말하고 싶습니다. 작게는 우리 인생이 모두 다르지만, 크게 보면 비슷비슷하다는 누구의 말처럼. 괜찮습니다. 우리 모두 그렇습니다. 당신도 그렇고 저도 그렇습니다. 그래도 희망적인 건 그런 와중에도 우리는 누군가의 곁에 있다는 것입니다.

무섭고 두려웠지만 언제나 나의 삶의 지표이신 우리 아버지,

내겐 절대로 없어선 안 될 존재 우리 엄마, 내 인생에 있어 최고의 선택 아내 유선미, 생각만 해도 가슴이 뜨거워지는 사랑하는 내 동생 어송이, 변함없이 멋진 상욱이, 차갑지만 따뜻한 원기, 강한 척하지만 여린 상호, 언제나 한 방이 있는 대경이 내 20년지기들. 보고 싶다 준혁아, 진우야. 고마워요, 사촌 누나 형 동생들! 언제나 응원해주는 가족들, 따뜻한 눈빛으로 응원해주시는 우리 장인어른, 하늘에서 보고 계실 우리 장모님, 우리 선희, 인숙, 지혜 처제, 그리고 광열이 처남. 유일한 성환 동서, 행복을 주는 수아, 수연이, 인생의 길을 먼저 보여주신 정성희 스승님, 인생에 꽤 긴 시간을 늘 함께했던 우리 Always 만능엔터테이너 성한이, 보고 싶은 재연이, 자전거쟁이 여훈이, 새초롬한 세빈이, 통통 에너지를 가진 새미, 예쁜 나래, 다소곳한 은진이, 공무원 된 선령이, 행복해 보이는 혜란이, 요즘은 잘 만나지 못하지만 힘이 되는 미영이, 희선이, 경복이, 아라, 현수, 예진이. 늘 언제나 조언을 구하는 스승 같은 봄. 언제 봐도 지나간 시간이 떠오르는 현경, 늘 위로해주는 신지혜, 멋진 인생을 사는 진성이, 그리운 헌민이, 연경이, 늘 응원하는 희정 누나, 행복해 보이는 정화, 군대에 유일한 인연 화경이, 늙지 않는 우리 수학 선생님, 부탁만 늘 하게 되는 수진이, 건강을 챙겨주시는 그레이 선생님, 미를 담당해주시는 혜진 선생님, 제 모든 글과 일의 준비를 위한 책상을 만들어주신 우공공방의 나무 아버님, 보고 싶은 포비스 원장님. 감사합니다. 혼자서는 절대 할 수 없을 모든 것들을 내게 주신 분들입니다. 덕분입니다.

아무것도 모르는 나를 따뜻하게 늘 응원해주신 백유인 부문장님, 무심한 듯 '어, 인석이'라고 불러주시고 조언해주시는 양효현 부문장님. 언제나 나의 든든한 지원군 지난회 단장님, 내 말이라면 앞장서주시던 장과성 센터장님 박미숙 센터장님, 내게 너무나 소중한 우리 전주 식구들, 뜻을 늘 함께해줬던 심지현 센터장, 넘쳐나는 사랑을 주시는 이영무 고문님, 우리 결혼을 열어주신 윤기형 고문님, 모두에게 감동을 준 우리 목포 식구들 그리고 나보다 나이 많은 제자들 최홍련, 이송희, 곽경선, 그리고 숨은 제자 박미 국장님까지. 멀리서 온다고 온다는 것만으로도 힘이 되던 우리 홍진희 센터장님과 부산 식구들, 형형 부르며 늘 따라주던 재민이, 다정다감 했던 꽃님이, 아파서 잘 움직이지도 못하던 나를 믿어준 우도화 센터장님과 포항 식구들, 잘 따라와준 성용이, 나의 한 축을 담당했던 김정숙 센터장님과 서대구 식구들, 에너지 넘치는 박소순 센터장님과 동대구 식구들, 멀리서 고생하고 있는 충주 식구들, 큰 도전에서 성공을 이룬 세종 식구들, 큰형님 같은 손문호 선배님, 동네 형처럼 따뜻한 영철 선배, 나를 붙잡아준 이현성 선배님, 아주 작은 일까지 다 도와준 연아 씨, 힘들면 기댈 수 있는

윤민수 선배, 남자다운 백동기 선배, '응, 그래'라며 거절 안 하던 강준 선배 , 늘 웃음 지어주는 김진수 선배, 항상 응원해준 이준호 선배, 취중진담으로 가르쳐 주신 박기태 팀장님, 에너지원 성병곤 선배, 내 첫 후배들인 대근이와 홍주, 짧은 인연에도 깊은 연을 나눈 석원이, 잘생긴 세경이, 다 들어주시는 승균 선배, 묵직한 예상호, 마음이 편해지는 성진이, 마음 따뜻한 윤일 선배, 여행을 늘 책임져 주시던 이정은 과장님, 말 한마디로 용기를 주시던 이창환 팀장님, 나의 첫 팀장님이셨던 백찬명 팀장님, 매력적인 신승호 팀장님, 세세한 것도 알려주신 김현수 선배님, 많은 걸 가르쳐 주셨던 우기훈 선배, 나 때문에 고생하는 규동이, 지치지 않는 화승이, 열심히 하는 승배, 오랫동안 함께한 서지혜, 박수희 강사님, 모든 걸 안아주는 전재갑 선배, 털털한 철목 선배, 결정적 도움을 주던 조철 선배, 끝까지 고마웠던 형록이, 투덜투덜 따뜻한 놈 현진이, 전주로 와서 인생 핀 성훈이, 힘들면 생각나는 대졸 공채 내 회사 동기들 그리고 지금 저와 함께 일하고 있는 웰스 식구들까지. 저는 아무것도 모르는 바보였습니다. 아주 작은 재주들을 발견해 주시고 발전시켜 주셨습니다. 한 분이라도 안 계셨다면 저는 지금처럼 지내지 못했을 겁니다. 덕분입니다.

멋지게 사는 주찬이, 수정이, 군대 가 고생 중인 은탁이, 똘망똘

망한 명아, 예쁜 희선이, 믿음을 늘 주는 주혁이, 요환이, 자랑스런 윤정이, 대웅이, 본격적인 힘을 보여줄 예찬이, 울보 규빈이, 겁내는 규나, 새침데기 유진이, 바꿀 수 없는 예림이, 장난꾸러기 형진이, 형석이, 달라진 동규, 마음꾸러기 민규, 사랑하는 정광민, 성실한 지수, 너무너무 착한 김광민, 고맙다. 믿어줘서. 너희에게도 늘 배운다. 덕분에 행복하다.

목적이 같아서 뜨거운 나의 동기들, 고마워요. 덕분에 즐겁습니다.

다 써놓은 것 같으면서도 또 생각나고, 다 써놓은 것 같으면서도 또 생각납니다. 끝이 없겠지요. 감사하고 고마운 사람들이. 아직도 헤아릴 수 없을 만큼 많습니다. 이름이 빠졌다고 해서 서운해하시지 않으셨으면 좋겠습니다. 오늘 지금 여기에서 기억이 안 날 뿐, 마음만은 언제나 같습니다. 고맙고 또 고맙습니다. 제 곁에 있어주셨던 모든 분들 덕분에 제가 여기 있습니다.

오래전부터 글을 썼습니다. 제 글이 누군가에게 읽히고 쓰이기는 여러 번이었지만, 처음으로 마음으로 읽어주고 감동해주시고, 손을 내밀어 준 박 실장님, 덕분입니다. 제 글 하나하나 꼼꼼히 봐

주신 편집장님, 덕분입니다. 저를 보며 희망이 보인다고 해주셨던 쉼 출판사 대표님, 감사합니다. 그리고 그 누구보다도 브런치를 통해 제 글을 읽어주시고, 구독해주시고, 사랑해주시고 댓글 달아주신 독자분들 감사합니다. 덕분입니다. 하나도 빼놓지 않고, 저 혼자 한 일은 없습니다. 덕분입니다. 이 모든 일 곁에 도와주신 하나님 감사합니다. 언제나 따듯한 이야기를 하는 사람, 글을 쓰는 사람이 되고 싶습니다.